東京散步

和新井一二三
一起認識日本傳奇
與岡本太郎

新井一二三

第31號作品

—推薦序—

旅行在創作女子們的城市

作家／洪愛珠

一場大疫之後，旅行重啟，身邊不少朋友紛紛動身訪日，熟門熟路如同返鄉。不過，說到東京，在眾人熟識的範圍之外，還有什麼地點可探索？推薦讀者不妨一讀這本《東京散步》。

幸運的旅人，遇上在地人領路，得以穿越市井，一探未知景色。又或者，是透過文化內容的發掘，深度領略歷史與民情。新井一二三是土生土長東京人，她在疫情中寫成的這本《東京散步》，便是在地人領路，更是從文化角度看東京。

本書以近半冊篇幅，描寫被川端康成譽為「藝術聖家族」的岡本之家。父親是日本最早走紅的漫畫散文家岡本一平，母親是身兼詩人、小說家身分的奇女子岡本加乃子，兒子是舉國皆知的藝術家岡本太郎。全家從事藝文工作且成就卓然的岡本家，是難得的特例。

新井從東京港區青山的岡本太郎紀念館講起，沿著岡本家的時間軸，認識他們各自華麗的職業生涯，和前衛的生活方式。同時隱隱看見，跨越明治、大正、昭和、平成時代，東京百餘年間的社會變遷。

岡本太郎為一九七〇年大阪萬國博覽會所設計的〈太陽之塔〉，是見過一次就不會忘記的作品。高七十公尺，白色錐形的太陽之塔，正反面有三張不同的臉孔，分別代表「現在」「過去」和「未來」。塔身上那張凸眼努嘴的臉孔，神態怪萌，左右雙臂如翼撐開，彷彿迎向全新的時代，然而帶著亙古恆存的原始氣息。當年由丹下健三設計的萬博主場館，以及其中貝聿銘設計的「中華民國館」皆已拆除，唯太陽之塔在居民連署下保存迄今，超過半個世紀。

岡本家三人皆傳奇，但一路讀來，不難發現作者對母親岡本加乃子的著墨最深。加乃子是東京城郊，多摩川邊出生的富家千金，受古典教育，後來卻成為題材前衛的女性主義文學家。作為近現代日本文壇上，被辱罵得最厲害的作家，加乃子追求藝術也追求戀愛，將世間常規視若無物，除了丈夫兒子，加乃子還與兩位情夫，多年同住一個屋簷下。新井一二三爬梳資料，多角度地描繪出岡本加乃子的文學進程、家庭關係，也談她的外貌、生活面，寫作同行對她的毀譽等。故事深入淺出，文風明快颯爽，讀來未見獵奇，倒是深感作者對於這位奇女子的一份敬意。

書中其他女性，尚有新宿中村屋麵包店的女主人相馬黑光、漫畫家萩尾望都、韓裔小說家柳美里和台裔的李琴峰，我認為在長期支持岡本太郎的伴侶岡本敏子也應算上一份。新井在自序中稱呼她們為「藝術女神」，有的女神，我早已熟悉，有的（比如相馬黑光）則相對陌生，不過通過《東京散步》這本書，即能看見這批才能識見都出眾的女性，如何突破社會的保守框架。或者以邊緣之眼，關注城市背後的幽暗角落。

了。

而東京這座城市，作為奇女子們的背景，在她們的故事裡，也就越發輝亮起來

關於洪愛珠

作家。台北養成，倫敦藝術大學傳播學院畢，資深平面設計，工餘從事寫作，以記舊時日，家常吃食與經過之人。散文集《老派少女購物路線》，榮獲台灣文學金典獎、Openbook好書獎、同時榮獲誠品閱讀職人大賞，並已售出多國譯本，日文版譯者為本書作者新井一二三。

—序—

重新認識東京

新井一二三

這是一本關於東京與藝術女神的書。

書中出現幾個藝術女神，如：身為日本文壇傳說，又養育了著名前衛藝術家的岡本加乃子；二十世紀初，已經擁有國際視野的文化沙龍女主人，身兼新宿中村屋麵包店老闆娘的相馬黑光；日本第一代女性漫畫家之中的佼佼者萩尾望都；生來位於日本社會的邊緣，以與眾不同的角度解剖日本社會的韓裔小說家柳美里；來自台灣小鎮的文壇新星李琴峰等等。

文中亦出現幾處日本很重要的藝術地標：東京青山岡本太郎紀念館、川崎市立岡本太郎美術館、國立民族學博物館、中村屋沙龍美術館、早稻田松竹電影院、上野恩賜公園、國立西洋美術館、國立近代美術館，以及日本最有名的幾個鬧區，如：銀座通、吉祥寺口琴巷、井之頭公園，和連當地人都並不一定知道的小街：吉祥寺中道通、奧澀谷。

所有文章都是在疫情之下撰寫的。

疫情的第一年，本該是我女兒要上美術大學的第一年，可是由於疫情襲擊，很多課都改到線上去了。結果，她能見到同學們的機會大幅度減少。在我這個做母親的，也因為上課都改到線上去了，比平時更加需要鼓勵自己出去走走呼吸新鮮空氣，也接觸到二十一世紀的新事物。

於是開始了母女結伴走走東京各地的文化散步活動。讓我刮目相看的是，美術大學生即使在線上上課，學來的很多知識是我之前不熟悉的。其中一個重要題目，乃明治、大正、昭和時代，即近代初期的日本曾經如何引進了西方藝術。

我發現，從小去過不知多少次的上野公園，原來不僅僅是日本第一個西式公園，而且是西式博物館、動物園、美術館等等，統統發祥於此地。而且那跟後來被祭祀在台灣神社的北白川宮能久親王的前半生又有不淺的關係。

還有，同樣位於上野公園裡，如今被列為世界文化遺產的國立西洋美術館，創立時候的基本收藏品，曾經在第二次世界大戰以後，都被法國政府扣押好多年，除非日本官方答應開設個專門美術館，把那些逸品都公開給日本一般市民看，否則不一定會送回日本的。那究竟是怎麼回事？

還有，日本最有名的前衛藝術家岡本太郎，成長背景頗不簡單。他的代表作品〈太陽之塔〉的所在地大阪萬國博覽會公園，後來設立了全球數一數二的國立民族學博物館。那是太郎擔任萬博會主題展覽主管之際，派遣一批年輕人類學者去世界各地，找回來的實物資料為基礎而設立的。因為他自己年輕的時候，曾在巴黎大學讀過民族學，也直接受過前衛藝術大師畢加索的薰陶……

再說，帶岡本太郎去巴黎的母親可說是稱得上日本近代文學史上傳奇人物之一的加乃子，父親又是日本著名的商業漫畫家岡本一平。不僅如此，他們巴黎之行，其實另有兩名跟加乃子關係密切的帥哥同行……然而，日本文壇方面，歷來對加乃子的外貌、舉止、服裝品味等，無不加以攻擊的。

至於中村屋文化沙龍的女主人相馬黑光，曾經照顧盲眼的烏克蘭文化人愛羅先珂，他後來還去北京，被魯迅、周作人兄弟照顧，也出現在魯迅最早期的短篇小說集《吶喊》所收錄的〈鴨的喜劇〉中。黑光也不僅催生了近代日本雕刻、西式話劇，還推廣了印度咖哩、俄羅斯式皮羅什基、中式月餅等。

總而言之，從美術的角度重新來看，有趣的故事多得很呢！

這是台灣大田出版社替我出版的第三十一本書了。

一九九九年，當第一本書問世的時候，老二女兒還沒有出生。之後我們攜手過來的漫長歲月，用日本俗語說是「有山有谷」，簡直像是一部厚厚的長篇小說了。我現在知道，對一個母親來說，帶大一個女兒，好比是再走一趟人生道路一樣，而我們母女的成長過程，始終以東京這座城市為背景。

這一次，我很高興能夠跟華語讀者分享關於東京和藝術女神的多則故事。希望各位下次來東京旅遊的時候，可以去為這些故事提供了背景的藝術地標走走。

目錄 CONTENTS

傳奇的散步

太陽之家的藝術母子：岡本加乃子和岡本太郎

人的生命有限，藝術卻會永垂不朽。
通過三個成員的創造與書寫，
岡本家族似乎獲得了不朽的藝術生命。

岡本太郎紀念館

1

從東京青山開始——岡本太郎紀念館

東京港區青山，離繁華的表參道十字路口不遠的地方，由俗稱的古董街稍微拐進去的閑靜住宅區一角，有棟出類拔萃的小房子。

從圍牆外就能看到院子裡繁茂的熱帶植物如芭蕉、棕櫚，以及在樹林裡隱藏的好幾尊猶如從漫畫裡直接跳了出來，給人以幽默可愛印象的彩色塑像。再往上看二樓陽台，還有極像位於大阪萬國博覽會紀念公園裡，日本人人皆知的〈太陽之塔〉；只是這一尊並不巨大，身高跟人類一般，而且表情、態度都很像充滿著慈愛，擔心調皮孩子的母親。

這裡就是〈太陽之塔〉的作者，藝術家岡本太郎（一九一一～一九九六）的故居。

藝術家去世以後，陪了他半輩子的養女敏子極力推動，把老房子翻身為紀念館，給公眾開放了岡本太郎曾從事創作的畫室。裡面至今保留著主人還健在時候的樣子：有畫布、各種筆、眾多已完成或未完成的作品。旁邊也有一架鋼琴，聽說在巴黎過了青春歲月的藝術家，偶爾來勁了就掀開鋼琴蓋，以專家一般的技巧演奏了蕭邦、莫札特的鋼琴曲。

岡本太郎之所以在青山設置了住房兼工作坊，並且住到八十五歲倒了下來被送去醫院瞑目的一天，是因為他十八歲去法國留學之前，最長時間生活的地方就是青山。

他的父親是日本最早走紅的漫畫散文家岡本一平（一八八六～一九四八），母親則是著名的文學家岡本加乃子（日語本名是用平假名寫的かの子，在不同的場合，她自己用漢字寫成加乃子、可能子、歌野子等，讀音都是Kanoko，一八八九～一九三九）。兩個藝術家結合而成，並生下了傑出藝術家的家庭，果然處處很與眾不同。

岡本太郎紀念館外景

岡本太郎紀念館內景

「總有一天，我們要去巴黎」

太郎多年以後常常回憶孩提時代說：對母親加乃子來說，人生最重要的始終是藝術。當年加乃子常向著書桌閱讀、寫稿子，理都不理寶貝兒太郎。有時候，他從後面爬上母親的後背，用力拉她頭髮，就是想要引起母親的注意。但是藝術至上的加乃子就是不領情，反之索性拿出長長的和服腰帶來，把小孩子綁在房間裡的柱子上，好比他是一隻小狗。同樣事情，若發生在一百多年後的今天，恐怕算是兒童虐待，被人報警都大有可能。

再說，加乃子對太郎的「虐待」也不僅是在身體上的，而且是在精神上的。

太郎還沒上學之前，就注意到有個早稻田大學文學系的美男子學生，住在御茶水附近的水道端（因而太郎私下稱他為「水道端」），起先經常來找加乃子談話，後來更搬進岡本家來了。雖說當年日本的中上層階級家庭，常有男大學生寄宿，一邊當主人家的祕書、傭人，一邊上學念書，但是加乃子和「水道端」之間顯然有男女關係，她丈夫一平卻對此視而不見，甚至默認，年紀小小的太郎卻本能地嫌棄「水道端」。

後來，「水道端」也跟加乃子的妹妹沾邊，嚴重地惹上了自尊心超高的加乃子。太郎記得有一天，加乃子和「水道端」在他面前大吵起來。「水道端」把自己曾寫給加乃子的一疊情書從她衣櫃抽屜裡抓了出來，便扔進院子一角的鐵罐中，擦一下火柴要一口氣燒掉。加乃子則發了瘋似地要把那些信件奪回來，但是遭到「水道端」一年輕有力的阻止而嚎啕大哭。小小的太郎要安慰傷心的母親，雖然他自己心底受的傷，很可能更大更深。

想起當年，太郎常回憶說：到了黃昏時刻，母親加乃子在家門外放的椅子上坐著把太郎抱上來，看著夕陽一會兒唱歌，一會兒喃喃自語說：總有一天，我們要去法國巴黎，在香榭麗舍大道上坐馬車……

加乃子和「水道端」的情事，是有憑有據的。他叫堀切茂雄，是比當年二十三歲的加乃子小兩歲的福島縣人。堀切把兩個人的關係寫成兩篇小說〈血〉與〈冬〉並發表在《早稻田文學》雜誌上。他不久就患上肋膜炎，二十五歲喪了命。同一年，堀切的導師中村星湖寫了以已故學生為模特兒的小說〈鬍子〉也在《早稻田文學》上登出來。二十二年後，加乃子發表的中篇小說〈然後在五月〉，相信是根據她和堀切的關係而寫的。

2

藝術聖家族

日本頭一名諾貝爾文學獎得主川端康成，跟岡本家三口子都相當熟。雖然他年紀比一平、加乃子都小，但是寫小說出名卻比較早。當初寫和歌，然後寫佛教故事受歡迎的加乃子，真正的志願一直是寫小說能成功。

一平為了給加乃子圓夢，請他擔任加乃子在小說創作上的導師。並且川端跟文學雜誌《文學界》的同仁們開編輯會議的時候，岡本家就提供場地，為此還把原先西式的房間特地裝修為邊談邊吃喝都方便的和式「座敷」；當該雜誌主辦文學新人獎的時候，岡本家又獻出了獎金。後來加乃子獲得了這獎項，果然坊間議論紛紛。但川端就是認為加乃子有文學天分，也被丈夫一平的熱情所打動，對於加乃子的小說作品堅定給予很正面的評價。不僅如此，日本在太平洋戰爭中失敗後，加乃子已去世，一平則去鄉下避難，從海外打仗回來的太郎在變成了廢墟般的東京一時沒有地方可以安身。當時，住在鎌倉的川端就請太郎來小住，在他家先安頓下來後再打算。

川端對岡本家三口子與眾不同的生活方式到底有多深刻的理解，則很難說。但是，他幾次為岡本家人的著作寫推薦序，幾次把他們三口子譽為「藝術聖家族」。在二十世紀前葉的日本，一家三口子都把藝術當作畢生事業，而且個個都出名的，無疑少之又少。所以，用「聖家族」這樣的詞語來形容他們也並不離譜。

只是，「聖家族」一詞一般就指耶穌基督和他父母。瑪利亞是處女懷胎生了耶穌的；小耶穌真正的父親是上帝，而不是聖母瑪利亞的丈夫木匠若瑟。這則故事叫人聯想到有關岡本家的一則傳說：

《加乃子撩亂》封面

《太陽別冊》封面上的加乃子

一平其實不是太郎真正的父親。

話說一平、加乃子都下了黃泉以後，有個老人家出來向大眾媒體主張過：自己才是岡本太郎真正的父親，加乃子是跟他分手後嫁給一平的。那是還沒有基因核酸鑑定的年代，太郎對那老人家的主張嗤之以鼻，說：加乃子是生他的母親，一平是把他帶大的父親，再也沒有別的。可是，如果真正鑑定下來的話，結果究竟會怎麼樣呢？

三個情夫的傳奇戀情

關於岡本加乃子這位奇女子，研究最深的應該是小說家瀨戶內寂聽（本名晴美）。她寫的評傳《加乃子撩亂》（一九六五年）不僅得到了岡本太郎的全面協助，而且在採訪過程中，作者也接觸到了加乃子的妹妹（也就是「水道端」的另一個女友）以及長年同居的情人。

是的。除了與她分手後夭折的「水道端」以外，青山的岡本家還至少住過兩個「小白臉」。一個是慶應大學的歷史學講師恆松安夫（後來當上兩任的島根縣知事），另一個則是慶應大學附屬醫院的外科醫生新田龜三。兩人年紀分別比加乃子小十歲和九歲，再說都長得不差，因此叫他們「小白臉」應該不離標準的中文用法太遠。

只是，歷史學家在岡本家住了足足二十年，外科醫生也住了十二年直到加乃子去世為止。那是他們分別從十八到三十八，從二十九到四十一歲的漫長日子。恆松安夫最初是大學生，後來成為大學教員了。恆松、新田兩個人的工作能力都比一般人高，收入也不薄，所以即使是「小白臉」又不是吃軟飯的。

青山的岡本家，在兒子太郎去巴黎留學以後的六、七年時間裡，都是加乃子一個女人跟一平、安夫、龜三，三個男人同居的。歷史學家有了結婚搬走的念頭後，一夜之間被憤怒的加乃子踢出去。至於新田醫生，則是最後跟一平一起，親手用大量的玫瑰花朵把四十九歲去世的加乃子遺體好好埋在多磨靈園以後，才回家鄉另娶了太太的。

一對戀人打得火熱屬於人間常景，對愛情花心不專一的男女也不少見。然而，婚外關係持續十幾二十年的例子好像不多吧。何況包括丈夫在內的三個男人一直在同一屋簷下同居的。中文裡有「妻妾成群」的說法，日文也說「妻妾同居」一詞，但是人夫跟不止一個情夫同居的例子，這個筆者孤陋寡聞從沒聽說過。

3
多摩川：想像力的起點

從新宿開往箱根溫泉的小田急線電車，過了沿線不動產價格最昂貴的成城學園高級住宅區以後，不久就渡過多摩川，下一站便是屬於神奈川縣川崎市的登戶站，再下一個是向丘遊園站了。這裡以前有東京附近有孩子的家庭週末會舉家去玩耍的遊樂園。記得我小時候的照片冊裡就有在那兒跟親戚小朋友一起拍的相片。遊樂園關閉以後，成立了從日本各地把古老的農家房子搬遷過來保存開放的民家園、紀念動漫作品哆啦A夢作家的藤子·F·不二雄博物館，以及收藏並展覽多件岡本太郎作品的美術館。

川崎市岡本太郎美術館

岡本太郎美術館之所以位於川崎市，是因為他母親加乃子生長在多摩川邊。加乃子婚前姓大貫，而大貫家在當地是無比富裕的大家族。原本是農民身分，但是在德川幕府時代就開始為駐在江戶城裡的各地諸侯提供金融服務，錢莊生意越做越大，直到多摩川邊蓋的家產倉庫竟多達四十八棟，工作人員和當交通工具的馬匹都有幾百之多。

加乃子出生在明治二十二年，當時的空氣裡還瀰漫著江戶幕府時代的社會風氣。帶她的保母是曾經在薩摩藩（現鹿兒島縣）諸侯家做過事的老牌職業婦女。她把加乃子當作公主帶大：每天都給她穿上豪華的絲綢和服也施粉化妝，不讓她跟附近老百姓的孩子們一起玩耍。加乃子從小就跟她學舊式的琴棋書畫，懂得做和歌，朗誦《源氏物語》，也會彈和箏。雖然七歲上了附近的新式小學，但是跟老百姓同學們格格不入，動不動就成為被霸凌的對象。結果，後來的幾年，她都跟保母請來的家庭教師在家學各科目了。

兒時沒有夥伴的加乃子，感到無聊寂寞，就走到多摩川邊去看河流。從她後來的作品能夠看出來，滔滔水流的多摩川以及跨越它的橋梁成了她想像力起飛的出發點。短篇小說代表作之一《川》裡她就透露：十多歲以處女身感覺到性慾之後，往往傍晚離開家到河邊野薔薇草叢裡躺著想像河神現身來撕下自己的身體。除此之外，還有好幾部小說作品都以河流、水中為背景，如《混沌未分》《河明》《金魚撩亂》《生生流轉》等。

小有名氣的閨秀詩人

除了武士階級出身的保母以外，對加乃子影響最大的是大她兩歲的二哥雪之助，號晶川。他上的東京府立第一中學是當年東京程度最高的中學，同學當中有的是後來出大名的才子們，包括大文豪谷崎潤一郎在內。晶川和加乃子都崇拜潤一郎的才氣，導致他們一輩子都憧憬夢想藝術事業上尤其在小說創作上的成功。加乃子十三歲就讀東京跡見女學校，十四歲開始向校外雜誌投稿詩歌和散文。

當年日本很流行以與謝野鐵幹、晶子夫婦為中心的「新詩社」

旗下之浪漫派和歌雜誌《明星》。鐵幹最初是晶子的導師而且是有婦之夫。但是，後來和第一任妻子離婚而娶了才氣煥發的晶子，也為她出版了劃時代的和歌集《亂髮》。其中最著名的一首詠道：「寂不寂寞？不觸碰嫩皮膚下的熱血，儘管講大道理的您」。她作品表達出女性情慾也表達出反戰思想，乃日本第一代女性主義作家之一。在日本頭一本女性文學雜誌《青鞜》上，晶子發表新體詩〈山動的日子終於到來〉說：「曾經睡眠的女子們，現在醒來開始活動了」。

在東京郊外，武藏野多摩川邊長大的加乃子，顯然也受了與謝野晶子的影響。被當作公主帶大的她，離庶民階級的現實生活很遠，卻有豐富的藝術想像力。十七歲的一天，加乃子跟晶川一起訪問了位於新宿的與謝野家，被允許加盟「新詩社」，不久就開始在《明星》上發表和歌作品。

二哥晶川從府立一中升入第一高等學校、東京帝國大學英國文學系。同一時期，加乃子則參加了與謝野晶子等著名作家主辦的各種文學講座。

從十八歲到十九歲，加乃子跟兩個男性交往過。第一個是在第一高等學校的校慶認識的法律系學生，他後來患上極度神經衰弱而去世。加乃子身上也出現憂鬱症症狀，導致一時考慮一輩子都不用結婚、當和箏老師一個人過日子就好；然而，加乃子向東京音樂學校提交的入學申請書遭到了拒絕。

不久，她在一個文學講座上結識跟皇室有血緣的伏見，兩人談上了戀愛，但是雙方家庭都不贊成他們的結合。加乃子和伏見私奔去了男方姊姊居住的千葉縣。可是，僅過一個月就被拉了回來，和父親與晶川一起去長野縣避暑了。

她當時發表在《昴》雜誌上的和歌作品詠道：「來山上已有二十天，還沒有一棵樹溫暖地擁抱我」「我黑暗可悲的胸，會否來場大殘虐使之充實？」等，情慾味道很濃厚，對男性讀者而言有意無意地發揮誘惑的力量。恰好也跟她在同一家避暑旅館逗留的美術學校男學生們，知道隔壁房間住的是在文學圈子裡小有名氣的閨秀詩人以後，就把關於她的風聞寫信告知了留守在東京的一名同學：岡本一平。

4

帥哥VS.青蛙公主

岡本加乃子後來不僅作為文學家出名，而且跟三個帥哥同居而成了日本文壇上的一則傳說。加乃子的丈夫，太郎的父親岡本一平，是有目共睹的帥哥。他的鼻梁高而直，是在日本人的臉上很少看到的。他本人都明顯意識到自己的面貌對女性有吸引力，無論在什麼時候在哪裡拍的相片裡，都永遠挺著身子稍稍微笑，絕不肯破壞美麗形象。他甚至寫過：以自己的英俊瀟灑，勾引女人易如反掌。

岡本一平

生活虛無主義

岡本一平是沒落的武士階級出身。他祖父在江戶時代是伊勢藩的儒者，卻在明治維新的革命中被打下，失去了工作、財產和身分。他父親十四歲就成為孤兒，隻身流浪到大阪、東京、日光、東北，最後在北海道函館當師範學校的老師而定居五年，其間娶了當地女人，生下了長子一平。一平五歲的時候，跟父母搬到東京銀座附近的京橋來，在他下面陸續誕生了三個妹妹，是在當地頗有名氣的美麗姊妹。京橋是江戶味道很濃厚的「下町」（位於低地的工商階級地區）。一平逐漸成長為最重視「粹」（瀟灑）的都會人，也就是重視外表多於內在。

一平的父親在東京定居下來後，成為書法家，號可亭，寫寫商店字號等維生。一平自己喜愛文學，志願當個作家，可是父親認為寫文章維生很難，不如當個畫家好賺錢。作為沒落武士階級的第三

岡本一平著作

代，父親說，一平背著再興岡本家的大責任。

他初中畢業以後，在父親的命令下，跟日本畫家以及西洋畫家學習畫畫的基礎，算是打了三年基本功，之後考進了東京美術學校（現東京藝術大學美術學部）西洋繪畫系。然而，他本人對畫畫沒有真正的興趣，所以不久就開始曠課、喝酒，也常出入花街柳巷，以倒數第二名的成績總算畢了業。

看一平以詼諧的文筆撰寫的自傳性散文《沒長好的黃瓜》（一九二一年）和《泥鰍地獄》（一九二四年），他當年的思想生活虛無得令人驚訝。當年日本的流氓學生，沒有收入都不怕接觸餐廳的女招待、藝妓等。因為在社會上，學生被視為總有一天要做博士啦、大臣啦的材料。花街柳巷的女人們，願意替他們負擔享樂的費用，可說是先行投資，也可以說是沒有身體自由的女人們暫時做戀愛夢的代價。

其中一個叫阿玉的，身材發福得下巴都呈雙層，一平就喜歡用雙手撐住她雙下巴的感覺。在一平的筆下，花街柳巷的女性和流氓學生之間的對話徹底現實、物質化，也難免下流，簡直在這個世界裡根本沒有什麼理想、希望、美等等玩意兒似的。所以，儘管一平用輕鬆滑稽的語調描寫，還是讓人覺得不知從哪裡颳來一股冷冷的風，不停有漩渦在他心裡。岡本太郎後來回憶說：父親一平是很冷漠的人。那跟他自傳散發的印象是一致的。

發現永遠的藝術女神

一九一〇（明治四十三）年，加乃子二十一歲，一平二十四歲。他們認識大約一年就結婚了。

早一年夏天，一平在東京收到了同學們從長野縣避暑地寄來的明信片，對加乃子這個年輕的閨秀詩人產生了深深的興趣。加乃子方面也通過美術學校學生們知道東京有岡本一平這個人。那一年，一平的同學們和加乃子一行都在長野縣過了一整個夏天，在首都和山上之間逐漸來來往往的明信片上，一平和加乃子開始間接地互打

岡本一平畫的兩人

招呼。對學生們來說，加乃子是當時日本甚少見到的藝術派女子，讀過不少書，而且受與謝野晶子的薰陶，大膽地表現出女性的情慾來。

不久，一平從東京美術學校畢業，在恩師介紹下，跟幾個同學一起去東京日比谷剛剛竣工的帝國劇場當畫工，畫天花板上和內牆上的裝飾繪畫。劇場的工地上，除了畫工還有模特兒；她們身著古裝，為畫畫擺姿勢給畫工們看。當模特兒的女人，有時也會脫下衣服讓人寫生，激起小伙子們的情慾。然而，在一平的心中，已經有了加乃子；他用「未見鍾情」一詞來形容自己對加乃子的感情。

有一天，一平在老同學的宿舍裡，見到了大貫晶川和加乃子。她有一雙大大黑黑圓圓亮亮的眼珠和短得像布娃娃的手和腿。表情舉止可說大方也可說遲鈍，從不壓抑心中的感情，倒使之自然洋溢出來。果然，加乃子在跡見女學校的同學們給她取的外號叫青蛙；總是大驚訝似地睜開著眼睛，但遲遲不說出話來。在《沒長好的黃瓜》和《泥鰍地獄》的插圖中，加乃子的兩顆眼珠甚至比眼眶還要大。一平自己雖然有高高的鼻子，但一雙眼睛是很有東方味道的單眼皮，被自己沒有的東西所吸引大概是人之常情吧。

一平追加乃子的時間裡，帶她去上野不忍池等東京下町地區的餐廳，給她嚐一嚐都會的美食。加乃子是郊區富家的女兒，從小生活各方面都受到母親與保母的限制和禁止，為的是保持體面。就是一平給她打開了都會庶民文化的窗口。生性愛文學的一平，似乎在加乃子身上發現了藝術女神。

在上述兩本書中，一平也老實地探討自己對加乃子的執著是否來自對同學們的競爭心理？是否被她穿的高級和服，或她家擁有的財產吸引？他跟女性相處的經驗很多，但是談自由戀愛的經驗很少。有一天，他去多摩川邊的加乃子家附近，跟她一起散步，結果加乃子手中的一塊手絹弄髒了。未料她不經思考就扔掉了那條價錢不菲的手絹，叫一平深刻感覺到彼此的背景至少在經濟水平上，差距非常大。

5 新婚惡魔時期

彼此認識才一年左右，岡本一平和加乃子就成家了。以女方家的背景來說，兩人的婚姻儀式辦得非常簡單，幾乎整個給省略了，沒有去度蜜月，也沒有拍下照片。這些是讓人懷疑他們是奉子成婚的原因之一。再說，孩子的爸是誰都不完全清楚。

有一天，多摩川鬧洪水，就住在河岸上的大貫家也給泥水弄濕弄髒了很多家產。正在那時刻，一平從東京出發，徒步渡過氾濫中的多摩川到川崎，向加乃子父母提出要娶她回家了。大貫家的父母都早已認識一平，對兩人的婚事並不反對。只是，加乃子的母親提醒一平說：「加乃子沒受過當人媳婦的訓練，是不會做家務的，做父母的本來打算給她蓋棟房子，讓她教教琴什麼的一個人生活下去；你如果非得要娶她，應該現在就發誓一輩子都要好好照顧加乃子。」

把加乃子從多摩川邊的大貫家帶回東京京橋的自己家，一平也需要取得自己父母的同意。岡本家住的是江戶舊城裡的小木屋，通過薄薄的牆，聽得到不僅自己家人而且隔壁家居民所做的一切活動。在宏大的武藏野多摩川邊顯得大大方方的加乃子，放在都會中心的小小房子裡，特別由一平的母親和三個妹妹看來，就是笨手笨腳，一點兒也沒有都會人重視的精明機靈之處。相比之下，父親可亭畢竟是有點文化的人，對她獨特的風格理解並接受。

大約半年之後，加乃子回娘家生下了長子太郎。京橋的岡本家無法容納新婚家庭的三口子，一平的父親給他們在港區青山蓋了一棟兩層樓的房子住，在二樓還設有畫室。這可說是青山岡本家的開始。

現實的黑暗

看加乃子的年譜，剛結婚的幾年時間裡，新婚夫妻的生活中，發生了很多大事件。

首先是一九一一年，一平畫的小說插圖被文豪夏目漱石高度評價，在漱石推薦下，一平成為了《朝日新聞》的漫畫記者。受到名人青睞，得到正職和固定的收入，一般來說應該是好消息。只可惜，一平夫人加乃子是藝術尤其是純粹藝術至上主義者，對新婚丈夫畫的漫畫在心中看不起。她在當時寫給晶川的信裡說：「一平為人很有趣，可從骨子裡庸俗得無可救藥。」加乃子本來以為美術學校畢業的一平是要做純粹藝術畫家的，所以當他開始走漫畫之路，難免覺得受了騙。那一年，她做了日本歷史上頭一本女性主義雜誌《青鞜》的同人。過一年，加乃子出版了由岡本一平裝訂的第一本個人和歌集《輕微的嫉妒》。

日報的工作壓力很高，一平的酒量越來越大。他一出去就往往幾天都不回來。他認為畫家的妻子應該懂得料理家務啦、處理人際關係啦，然而加乃子統統都不會。家務可以請家僕來做，但是加乃子也不懂得用人，動不動就被欺騙、被欺負，只會放開雙手大哭。在青山的新婚家庭裡，抱著太郎傻傻地等待一平回來的加乃子，因為丈夫不夠體貼，連生活費都不夠用，因此被停電，一到黃昏家裡就黑暗了。她只好回多摩川邊的娘家去求助。然而，禍不單行，她父親當董事的銀行就在那個時候倒閉，大貫家一時面對破產危機，娘家方面沒有能力幫助已嫁出去的女兒加乃子了。

再說，一平娶走了加乃子，對哥哥晶川的刺激相當大，因為他非常愛慕妹妹，用加乃子的話是到了「變態」的地步。加乃子在晶川的身上看到了男性對女性的激情是怎麼回事。晶川為了補充加乃子的結婚造成的心中和生活中的空白，不等東京帝大畢業就結婚，一時心情變好多了。然而，第二年即一九一二年，就因急性丹毒症喪命，得年才二十五。真正掛念加乃子的，除了晶川以外就是親生母親，然而她也在家庭浩劫中，一九一三年因腦溢血去世，享年四十八。

岡本一平人格分裂傾向

就是在那樣的人生低谷裡，加乃子的生命中出現了「水道端」。他看到加乃子在雜誌上發表的詩歌作品而憧憬她，知道她受一平的冷落以後，希望能代替他的角色。那種文學和愛情相交叉的境地，正是當時的加乃子最渴望不已的。她生性單純，在丈夫面前也不隱瞞跟「水道端」的關係。一平聽了之後告訴她：既然妳那麼喜歡他，就叫他搬進來住好了吧。都會人岡本一平最愛面子，總要擺出瀟灑的樣子，最不能允許自己嫉妒別人，否則自己不就淪落為被戴綠帽子了？於是做出了這一項違背人性的決定。結果是慘澹的：兒子太郎一輩子都忘不了母親和情人在自己面前衝突的場面；「水道端」不久之後生肺病去世；那段時間裡加乃子生下的一男一女兩個嬰兒都出生後大約半年就夭折；她自己住進精神病院；一平在自暴自棄之餘，去淺草喜劇館跳滑稽舞蹈被人笑，算是社會性的自傷行為。

婚前那麼熱烈地追求加乃子的岡本一平，為何一旦結婚就變成了冷漠的丈夫呢？一方面可以說，這在日本是家常便飯，甚至有俗語說：釣上了魚就不用餵牠。另一方面，他的人格有分裂的傾向。在一個層次，他是酷愛文學的藝術家；在另一個層次，他倒屬於徹底現實的京橋庶民階級，被凡事重視精明的價值觀所約束，日常生活中看不慣加乃子一貫的公主風格。還有一個可能是，他對加乃子的愛情，本來就接近崇拜。有些日本男人說：情慾的對象和崇拜的對象是兩回事，不可能互相重疊。

他們的孩子太郎說：一平和加乃子之間，恐怕一向都沒有一般意義上的戀愛。一平看上的是富家出身的閨秀詩人，加乃子看上的是美術學校畢業的帥哥畫家，兩邊都是虛榮心啟動而不是彼此之間擦出了戀愛火花的。加乃子婚前的和歌詠道：「下雨的晚上和你行街，美麗的你說我也美麗。」婚後則詠：「光為美麗容貌而結婚，世上沒有更奢侈的事。」

看見自己的樣子

無論如何，不合就是不合。如果是二十一世紀的人，大概就離婚了。但是他們沒有。最直接的原因是加乃子的娘家面對家業上的大變動以及加乃子母親的去世，拒絕讓她回來生活。加乃子的妹妹給瀨戶內寂聽解釋當時的情況說：「加乃子是需要別人照顧的大娃娃，而且有暴君性格，如果叫她回來住的話，就需要一個人在生活各方面都專門照顧她的。」

一平也記得曾去加乃子娘家提親的時候，她母親對他說的一句話：「要發誓一輩子都好好照顧她。」一平不能違背自己的承諾。走投無路，他開始跟加乃子一起去基督教堂、佛教寺院，要在宗教裡尋找出路。他們找到的一個答案是：因為有性愛，夫妻關係很難處理好；為了維持夫妻關係，戒掉性愛也許是一個方法。

包括他們的兒子岡本太郎在內，很多人都相信，從此以後，一平和加乃子之間再也沒有了性愛關係。兩個人之間，逐漸變成父女一般。於是加乃子叫一平：爸爸；一平則叫加乃子：加乃少爺。有人說：當時的一平因工作壓力之大和喝酒過量，呈現陽痿症狀，無法在生理上滿足加乃子。這導致一平容忍妻子的婚外情，而他自己恢復性能力以後保持著禁慾的生活，直到加乃子去世為止。

要記住的是，兩個人結婚的時候，加乃子還沒有出過書，一平也只是個劇院臨時雇用的畫工而已。可是，結婚不久，一平的畫作受到夏目漱石的賞識，他逐漸成為日本一名最早被廣泛注目的漫畫散文家了，甚至一時被譽為「即使不知道首相大名也一定知道岡本一平其人」。加乃子也在一平的支持下，才能夠在婚後出版個人和歌集而引人注目。

再說，幾年以後，加乃子從早期的閨秀歌人如願翻身為小說家之前，有一段時間裡是以積累的宗教知識，撰寫佛教故事而大受歡迎的。例如一九二八年三月起，在《讀賣新聞》宗教版上連載的佛教短文，第二年題為《散華抄》出版，並附上了一幅一平畫加乃子的畫作〈形象為吉祥天的加乃子〉。兩個人的結合，即使在愛情方面早早就觸礁，但是在事業上無疑有不可小看的推動力。

加乃子的哥哥晶川去世以後，她除了要成全自己以外，還要成全晶川生前的夢：成為跟谷崎潤一郎一樣的大作家。而可以說，她的志願最後成功了。但是，為此光有一平一個人的獻身不足夠，需要有三個帥哥來分工支援加乃子，才能使她變為她在夢裡看見自己的樣子。

6

自由與放任——岡本太郎的少年時代

坊間對於加乃子在前後五年裡生下的三個孩子父親究竟是誰，始終有很多傳聞，倒沒有明確的結論。尤其長女豐子和次男健二郎都是加乃子跟「水道端」密切來往時期懷孕出生的。加乃子雖然不是私小說作家，但是和歌本身就具備「私詩歌」的性質，看她的第二本個人和歌集《愛的煩惱》，充斥著跟「水道端」談戀愛時帶來的深刻苦惱。例如：「因為對我的愛憔悴的你，如今在家鄉的溫泉流不流淚？」

岡本一平為何給了加乃子那麼大的自由呢？

恆松安夫料理一切

其實，給人以自由跟放任之間只隔一張紙。一平、加乃子對兒子太郎的養育態度就是那樣子。他長大後回憶說：從沒受過普通意義上的家庭教育，是跟野生動物一樣自力更生成長的。

從今日岡本太郎紀念館，往收藏寶貴古物著名的根津美術館方向走，途中會走過太郎當年上的青南小學校。不出所料，野孩子上了正規學校，就是不習慣。於是被送到京橋的爺爺家去上附近的學校，卻還是不習慣。一年裡轉了三次學校後，一平和加乃子決定把太郎送進慶應大學附屬小學的寄宿學校去。主要是因為寄宿制學校會把學生關在裡面，不讓他們往外亂跑。太郎後來回憶說：慶應的小朋友們大多來自資產階級，年紀小小卻像小大人，叫他仍然覺得格格不入。自此到小學畢業，太郎都只有週末從宿舍回家跟父母一起過。

但難得全家團聚的飯桌上擺的飯菜，也往往不是加乃子親手做的，而是當時寄宿於岡本家，上慶應大學歷史系的恆松安夫做的。用太郎後來的說法：對別人來講的「媽媽之味」，在他家卻是「劍道三段的單身漢做的」。恆松安夫是日本海邊島根縣地方政治家的兒子，和哥哥源吉雙雙被送到東京來念書，並通過父親一輩的交情，住宿於岡本家。有人說：因為加乃子不懂得用女傭，所以改請書生來幫助她經營家庭。恆松兄弟在故鄉是大地主家的少爺們，根本沒做過任何體力勞動，可是到了岡本家，就發現主婦加乃子在日常生活上無能得令人驚訝，丈夫一平則袖手旁觀而已。結果，弟弟恆松安夫開始替全家做飯、燒水、洗衣服，等太郎從宿舍回來還幫他洗澡等等，成為之後的二十年裡岡本家不可缺少的重要人物。哥哥源吉則五年後因傷寒去世。在抗生素普及之前，人死得很容易。

加乃子與岡本太郎無話不談

關於恆松安夫，評傳作家認為並不是加乃子的情夫而是像弟弟一般的存在。可是，看他們生活的細節，又不完全像。例如，每次加乃子要盛裝出去的時候，都是由安夫幫她繫上和服的腰帶，但是繫好的樣子，如果加乃子照鏡子看而覺得不滿意時，就會自己解開而像小孩子一般地發脾氣，要頓足捶胸罵人一頓。這是撒嬌，還是施虐？儘管如此，安夫後來跟太郎談話的時候說：「當時過的日子有理想有目的，那才算是真正的生活，令人感到活得很有意義。」這句話跟另一名同居者在瀨戶內的訪問中說的完全一樣。安夫即使跟加乃子之間沒有男女關係，至少該說是加乃子的崇拜者、心甘情願的受虐者。

太郎小時候，母親加乃子對他完全放任。可是，太郎到了八、九歲，加乃子反而開始把他當大人了。根據太郎去世後，他養女敏子撰寫出版的《岡本太郎》一書，加乃子面對年少的太郎，從深奧的藝術論到愛情生活的細節，幾乎無話不談，猶如當他是個哥哥。這幫助太郎培養了邏輯思考和語言表達的能力。在慶應小學，太郎跟其他同學也談不來，常被欺凌，於是多半是自己看書殺時間。結果，偶爾有外人聽到才八、九歲的太郎對於父親母親，簡直平起平坐地展開自己的理論時，無不吃驚。

太郎小學畢業以後，一平和加乃子本來打算叫他繼續住在慶應寄宿學校念中學，可是遭到校方拒絕，只能領回青山岡本家來，開始每天跟恆松安夫一起上課了。

7

四個人的愛情——加乃子的戀愛與藝術

大約那個時候，加乃子為痔瘡手術住進慶應大學附屬醫院，看上了實習醫生新田龜三。那年加乃子三十五歲，新田則二十六歲，太郎十四歲。她回家告訴一平說：「看到了像西洋蠟燭似的一名男子，我要！我要！我要！我要！」

加乃子一興奮起來就根本不理別人怎麼看，天天打扮化濃妝到大學醫院找他，當他不出來，就直接派車去要把他接過來，若還不成功則要一平去殷勤地邀請。這麼一來，慶應醫院的女護士、女職員都不服氣了。自己醫院年輕有為又好看的小醫生被有夫之婦、中年女病人、顯然不正常的女歌人奪取，怎麼行？最後，院方簡直無可奈何，把新田醫生懲罰式地調到北海道去了。

被動到主動

當時，岡本一平的名氣越來越大，光是在這一年（一九二四年）裡就有六本漫畫及幽默文章集問世。其中一本便是描寫他跟加乃子結婚過程的《泥鰍地獄》。另外他也有每天在報紙上的連載。加乃子自己則出版了第三本和歌集《浴身》，在出版紀念會上，與謝野晶子、北原白秋等文壇名人紛紛捧場。也就是說，這時的一平和加乃子都是社會名人。但是，那並沒有影響到加乃子的行為。她是有夫之婦，對新田的感情是婚外情，而且當年日本還有通姦罪。儘管如此，丈夫一平簡直像寬容的父親一樣允許她追求所愛的對象。甚至有幾次，一平把加乃子送到本州北端的青森港口，讓她一個人搭上航向北海道函館港的輪船，新田龜三就在對岸等著她。

新田當初是被動，可逐漸深入了加乃子的藝術與愛情迷宮以後再也不能自拔。他有一次直接向一平低頭請求說：「懇請讓我跟您太太結婚。」一平則回答說：「你跟加乃子有什麼關係，我都沒意見，就是請你萬萬不要從我生活中奪取加乃子。」一平是否被自己對已故岳母所做的諾言約束了？是否加乃子成了一平寄託人生目的的神聖對象、創作靈感最大的來源，叫他不能丟掉她？有趣的是，新田後來對評傳作家說：光是有自己一個人的愛情，加乃子是無法滿意的，她渴望生命中有藝術，而那個部分，一平能提供的幫助始終最大。

最終走藝術之路

太郎十六歲那年，有一天，新田龜三回到東京並搬進青山岡本家來了。從此開始了一平、加乃子、太郎、安夫、龜三，共五個人的共同生活。太郎和安夫上學，龜三在親戚開的醫院上班，加乃子和一平則在家中寫文章、畫畫。這一段時間裡，加乃子往最終目的——小說的轉向，已經慢慢啟動了；除了和歌作品以外，還有佛教題材的劇本、隨筆等出現在多份報紙、雜誌的宗教版上。

受到一平、加乃子的薰陶，太郎從小就認為將來一定要從事藝術事業。但是究竟選文學好呢？還是選美術、音樂好呢？不同於父親一平，他本來對每個方面都有興趣，後來也發揮了各方面的才能。今天看來，太郎在書寫方面的成就不亞於父親母親，使得岡本家成為近現代日本唯一全部成員都出版過個人全集的小家庭。當他快要從慶應大學附屬中學畢業的時候，自己比較一下各所高等院校的入學制度而發現：不僅一般大學而且音樂學校都一定要考學科，這對野孩子來說很不利，唯獨美術學校只看申請人素描石膏像的能力。於是太郎考進東京美術學校西洋繪畫系，好說歹說成為了父親一平的學弟。

8

傳奇之旅序幕

一九二九年，岡本一平以《朝日新聞》特派員的身分，要去倫敦採訪海軍裁軍會議。

在岡本家，早就說好：不久的未來要舉家到歐洲見世面去。為此項遠大計畫，加乃子早早就開始學英語、法語。至於太郎，本來要等到美校畢業才去留學，不過他父母臨時改變主意說：一家人嘛，還是多一點時間在一起。

岡本家的另兩個男人也各自有準備。恆松安夫向慶應大學申請公費留學順利通過，要在倫敦蒐集關於古代近東文明等的資料。新田龜三則在給流放去了北海道的時間裡，雖然身在僻壤，但是收入包括津貼並不薄，積累了足夠去歐洲生活三年的費用。他希望到醫學先進國家德國的外科醫院去摸索見習。

不過，整體費用，還是由戶長一平來負最終責任。跟加乃子結婚以後的約二十年時間裡，他從劇院的臨時畫工翻身為全日本最紅的漫畫散文家，以愛心、明朗性格、幽默畫風三個特徵討讀者喜歡。同一年五月問世的《一平全集》共十冊，光是預訂就賣光了初版五萬套，馬上再版不必說，還一下子決定要多出五冊。加乃子則在出發之前出版了第四本和歌集，就叫做《我的最終歌集》，隆重地宣布：回國以後，要翻身為小說家了。

八百人送行

當時一平四十三歲，加乃子四十歲，太郎十八歲，安夫三十歲，龜三三十一歲。名人夫妻和年少氣盛的兒子共三口子一同去歐洲，成了轟動日本的社會新聞。他們坐的火車離開東京前往神戶，不僅東京站的月台上竟擠滿了多達八百個來送行的同學、朋友、知己、粉絲等等，而且在列車停靠的每個車站月台上都一樣擠滿著來送行的人們，哪怕一眼都想看一下聞名於世的岡本家三口子究竟是什麼樣子。結果，車廂裡堆滿了人家送來的花束，即使有熟人想要進來說說話，也只能隔著花山花海喊話。當年登在報紙上的照片裡只有一平、加乃子、太郎。至於安夫和龜三，雖然有傳聞說加乃子也帶著兩個「男妾」去，但是並沒有公開露面。

一行五個人坐的郵輪箱根丸，一九二九年十二月五日離開神戶，經過門司、上海、香港、新加坡、檳城、可倫坡、蘇伊士、拿坡里，在一九三〇年一月十二日終於到了法國馬賽。然後改坐火車到巴黎，先給太郎安排一個人留下來的住宿，五天以後，加乃子等四個人則前往倫敦，在北郊的高級住宅區漢普斯特德安頓下來了。

加乃子等四個人在英國住了十個月，然後轉到巴黎去住了八個月，再搬到柏林也住了六個月。在歐洲總共待了兩年以後，一九三二年一月從倫敦搭上航向紐約的郵輪，然後花半年時間橫越北美大陸，最後從洛杉磯上船渡過太平洋回日本去了。

其間有太郎從巴黎到倫敦來過暑假的兩個月，以及大家在巴黎團聚的八個月，可是加乃子、一平和太郎一起生活的時間實在不多。一九三二年一月，太郎在巴黎北車站送走了往倫敦的一行人，那是他跟加乃子最後一次會面；因為七年以後，加乃子四十九歲就去世了，而當時太郎還在巴黎留學中。

日本的近現代文學中，有兩個令人難忘的親子告別場面。一個是森鷗外的女兒森茉莉，婚後跟丈夫去巴黎，動身之前和來送行的父親鷗外之間，有眼神和眼神相交錯的一剎那，之後鷗外向她慢慢點頭道別。森茉莉描寫那場面的短文，竟然題為〈戀愛〉。

另一個就是岡本加乃子和太郎，在巴黎北火車站告別的場面。太郎在《母親的書信》裡寫道：

零點十五分，在巴黎北車站，父母坐上的國際列車正要往倫敦開啟。透過車廂窗戶，我看見母親的臉色不好，她開始嚎啕大哭。

母親的哭臉離我越來越遠。我透過淚水之幕，最後只看到父親揮手絹的那點白色而已。火車終於遠離車站開走了。那是我最後一次親眼看見的母親。

9

在歐洲寫下輝煌的轉折點

岡本家三口子成為川端康成所說的藝術聖家族，是在旅歐時發生的本質性變化。

在歐洲，加乃子為了將要開始的小說家生涯做準備，日復一日、夜以繼日地認真閱讀，想要努力了解當地社會。她甚至成為國際筆會的會員，訪問過文學家蕭伯納、政治家邱吉爾等當時頂級的名人。加乃子雖然學過英語也學過法語，但是一個人去交談不夠有信心。於是無論去哪裡，她都帶領著三個男人。由恆松安夫當主翻譯官，如果有錯或有疏漏，新田龜三馬上出面糾正，當溝通實在困難的時候，則輪到一平打開素描冊，邊畫畫邊說話，促進溝通。

奢侈華麗的生活

他們在歐洲的生活方式跟其他旅歐日本作家非常不一樣。比方說，幾乎同時待在巴黎、倫敦的林芙美子，雖然是暢銷作家，有豐厚的版權費，但是在歐洲始終住在貧民窟，專門跟日本人打交道。相比之下，加乃子取得一平明言的同意，為了體會第一流的藝術是怎麼回事，非得保持第一流的生活水準不可，自然為此就需要頂級的開支了。

例如，旅居巴黎的時候，他們在塞納河兩邊，租了三間房子：一間是為了生活，一間是為了創作，最後一間則是為了社交。被太郎帶去當地酒館，加乃子要付太郎所有朋友的酒費。她在巴黎穿的衣服也是在當地第一流的巴黎老佛爺百貨公司購買，或者向當時第一流的設計縫紉師訂做（其中一部分由岡本太郎交給東京駒場的日本近代文學館收藏）。總之，負擔得起如此奢侈華麗生活的費用，岡本一平的經濟能力實在不簡單；更何況，他是另外要按月匯給太郎在巴黎的學費加生活費的。一平不是什麼大財團的繼承人也不是什麼企業家，都是靠一支筆畫畫寫字賺來的錢，真是難能可貴。

一步步登上文壇

為期兩年半的歐美之旅，在各個方面，成了加乃子生命中最大的轉折點。直到那趟旅行之前，加乃子是天天穿和服的。到了歐洲以後，卻把頭髮剪短，並穿上西服。她自己就說那樣子活動能力強多了。髮型是歐洲一九二〇年代流行的飛來波女郎式（Flappers）。

給加乃子剪頭髮的，和給她縫紉日常便服的，都是手腳靈敏的新田龜三外科醫師。神經過敏的加乃子若要給不熟的美容師剪頭髮，就會緊張起來，但是由新田拿剪刀，她就能夠放鬆。所以，直到去世，剪過加乃子頭髮的，始終只有新田一個人。至於加乃子日常生活中穿的便服，則按照她的喜好，一平畫素描交給新田，他會開夜車用縫紉機做好一件新衣服，第二天早上就讓加乃子穿。對於評傳作者瀨戶內寂聽來說，當時六旬高齡的新田醫生親口講述了這些多年前生活的細節，不難看出來，他對加乃子愛得多麼細膩，同時加乃子也對他多麼信任。

有全日本最紅漫畫家岡本一平的經濟能力，加乃子才能在歐洲過著貴族一般的生活。有新田龜三在身邊，容易緊張，用今天的詞彙是患有恐慌症的加乃子才能放鬆下來。至於恆松安夫，恐怕像管家了，替加乃子處理好日常生活中發生的一切小問題。由他們三個人來支撐藝術女王偶爾變成暴君的加乃子；這個模式是在歐洲旅居期間定型，而延續到回國以後，加乃子一步一步走上文壇台階的時候。

巴黎是流動的饗宴

至於太郎，剛開始是才十八歲的日本學生，連簡單的法語都不會說。他送走了父母一行，一個人在巴黎留下來以後，決定插進初中一年級的班級，跟當地十二、三歲的中學生一起用法語學歷史、地理、文學等。他也住進學校的宿舍，主動地投入全法語的環境裡去。可見，他因為曾住過慶應大學附屬小學宿舍，體會到寄宿制的教育效果。果然，苦學的結果，他後來不僅加入當地藝術家的圈子，而且上了巴黎大學，念哲學、社會學、民族學。用一句話來概括：太郎把自己培養成真正法國式的知識分子了。

岡本太郎後來的美術創作是在西方文明的基礎上展開的，這也跟當年一般留學巴黎的日本學生很不一樣。大多數人一方面在經濟上不寬裕，另一方面法語也不行，只能跟其他日本留學生聚在一起說日語，熬一段時間後回國去，畫風景畫和裸體畫維生。太郎不跟那些人一般見識，他想成為真正第一流的藝術家給父母親看，為此一定要學好法語，也要通曉歐洲文明和文化，而後在當地美術圈工作，打算一輩子都住在巴黎這個全球藝術之都。他後來還是回到了日本，是因為納粹占領巴黎，無可奈何做的決定。

太郎旅居巴黎是第一次世界大戰和第二次世界大戰之間，所謂爵士時代後期。當時，美國的海明威、費茲傑羅等作家也都聚集於巴黎，太郎算是趕上了那傳說中的美麗時代。海明威到了晚年寫道：如果你有幸年輕時候有機會在巴黎生活，不管你後來住在什麼地方，巴黎一直跟你在一起，因為巴黎是流動的饗宴。這句話投影在太郎身上來看，好像文豪說得滿有道理。

岡本一家人從日本出發的時候，美國已經進入了大蕭條時期，但是波及到日本或者歐洲來，還有一點時差。只是，他們在歐洲也不能不感覺到世界情勢在迅速變化中。尤其是一九三一年的九一八事件以後，日本侵華的動作開始受到國際社會的批判。當時身在歐美的日本人，隨時有可能淪落為敵國人民。於是，加乃子等四個人比原來的計畫早些時候離開歐洲前往美國了。雖然在美國也有可能被抓起來作為戰爭俘虜，但是加乃子說「我們四個人在一起，做俘虜也應該不太差」，而做出了大膽的決定。表面上看來被三個帥哥寵愛的大齡童女加乃子，心理上其實是這組人的女頭目。

10

《母親的家書》

岡本太郎十八歲就離開日本，後來的十一年都在巴黎念書、生活、從事創作活動。也就是說，他在日本的正規教育只到中學畢業為止，之後的高等教育全是在法國，於法語環境裡接受的。

有這樣教育背景的人，往往會成長為外語很好，母語卻留在小朋友水準的所謂香蕉。然而，岡本太郎就不同。他二十九歲回日本以後，不僅展開旺盛的藝術創作活動，而且在書寫出版的領域也非常活躍。他從一九四〇年回日本到九六年去世，問世的藝術啟蒙書、評論集、散文集、紀行、人生指南等，多得數不清。在他去世後二十五年的二〇二一年，在日本網路書評區上的著作還有二〇七種。

十餘年的通信

他的日語寫作能力特別強，這無疑來自岡本一平和加乃子的薰陶。在他小時候，曾理都不理會，覺得麻煩就用和服腰帶把孩子綁在柱子上的母親，到了孩子的青春期，變成了深愛寶貝兒的慈母。在她去世後發表的遺作短篇〈她的早晨〉中寫得很清楚：他們夫婦是自己的兒子離開孩提時代，可當作獨立人格以後，對於兒子的感情才確立的。顯而易見，加乃子對語言不通的小娃娃沒有興趣，等孩子懂事，就當他是人而不是孩子，願意多用語言交流。

去了歐洲以後，獨自在巴黎生活的太郎非儘快長大不可。當加乃子在倫敦發生第一場腦溢血之際，太郎從巴黎寫給她的慰問信，寫得好到加乃子在回信裡寫道：「收到了非常好的一封信。簡直是把你帶大都是為了收到這一封信似的。這封信裡充滿著不僅孩子對母親而且是人對人，最優質的好意和感情。」

從此以後，在巴黎和倫敦、柏林、東京等兩地分居的父母和兒子之間，頻頻交換書信的習慣持續了十餘年。當初，父母擔心掛念孩子的內容多；當父母回到日本，加乃子開始發表散文、小說以後，太郎寫出對那些作品的讀後感，批評母親處事態度等內容逐漸多了起來。太郎擔心加乃子太過介意別人對她作品的意見。最後，兩者之間真是平起平坐的關係了。

一平和加乃子都是作家，語言運用能力比一般人強很多；對太郎來說，那是他唯一熟悉的日語環境。從十八歲到二十九歲，青春期少年演變為成年人的一段時間，太郎當時能接觸到的日文書應該不多，在巴黎有深度交往的日本人也似乎不多。他卻在自己的腦子裡、心裡，不停地用日語進行了跟父母親的對話，然後每隔一段時間就寫下來並寄出了國際郵件。

第一本與最後一本

一九三九年，加乃子四十九歲去世。第二年，太郎在納粹占領巴黎前夕匆匆離開歐洲，坐最後一班交換船回到日本。在神戶港迎接他的父親一平說的第一句話是：「我代表我和你母親兩個人歡迎你回到日本。」第二句則是：「你母親寫的家書、你自己的作品，能帶回來了嗎？」

日本人是非語言化的民族，家庭成員之間交換書信也不多，更從來沒聽過出版家書這回事。然而，二十九歲的太郎回到日本，出版的第一本書就是把巴黎時期的家書編成一本的《母親的家書》（一九四〇年）。同一年，他也在東京銀座的三越百貨公司舉行了第一次的個人畫展。

太郎後來說過，他當時快要入伍當兵去，有第六感告訴他，應該把那些家書儘快化為作品發表。果然，他當兵五年回日本的時

《母親的書信》封面

《一平加乃子》封面

候，東京青山的家在美軍轟炸中燒掉，包括母親的書信和他的作品，一切都化為灰燼了。還好，他和父母親交換的信件，至少其內容在《母親的家書》裡擁有了永遠的生命。

岡本太郎後來出版而暢銷的書有：《青春畢卡索》《今日的藝術》《日本的傳統》《被忘記的日本：沖繩文化論》《青春與藝術》《咒術誕生》等等。他生前出版的最後一本書則是《一平加乃子：活在心中的厲害父母親》（一九九五年）。也就是說，最早的一本和最後的一本之間相隔五十多年，但內容都是記述他和父親母親，也就是川端康成所說的聖家族的故事。

11

小說家的誕生

一九三二年，從歐美之旅回日本以後，一平逐漸減少自己出面的機會，要讓加乃子受到更多社會關注。一平認為日本社會不會接受一個家庭同時出兩個名人；他這回要把機會讓給加乃子了。他們在歐美的時候，日本警察打壓社會主義分子包括左派作家，整個社會氣氛從大正時代至昭和初期的摩登自由主義，已變為國粹主義，更即將要變成軍國主義了。

當年，一般日本人沒有條件出國旅遊，所以剛從外國回來的作家更加受到注目。加乃子取材於歐洲見聞的散文以及短篇小說紛紛發表在《週刊朝日》《中央公論》《婦女界》《三田文學》等雜誌上，紀行故事集《在世界摘的花》也問世了。

不過，比起這些，更受歡迎的是她寫的佛教故事。一九三四年是釋迦牟尼誕生兩千五百週年，也是日本弘法大師空海去世一千一百週年，日本掀起了一股佛教復興風潮。加乃子出版《談觀音經》《佛教讀本》《綜合佛教聖典講話》等書。有關佛教的演講邀請也相當多，加乃子不僅做了系列廣播，也為此訪問全國各地，積累了見識。

出名很好，但是加乃子畢生的志願是作為小說家出名。她已寫過不少小說，也發表過好幾篇，可是往往被視為名流婦人業餘消遣之類，被文壇置之不理。一平覺得不能順其自然，非採取主動措施不可，於是請川端康成正式收加乃子為弟子。

產量驚人

一九三六年六月，岡本加乃子寫已故作家芥川龍之介側影的短篇小說〈鶴病了〉登在川端等人主辦的《文學界》上，並且獲得了該雜誌的新人文學獎。因為小說主人翁是人人皆知而最後尋短見的名人，再加上加乃子在作品裡把自己抬高到跟芥川一樣的位置，難免被譴責說過分傲慢。儘管如此，跟現在一樣，得獎作品特別受到廣泛的注目。可以說，小說家岡本加乃子終於誕生了，此時她四十七歲，離她中風病倒致命只有兩年半時間。

同一年九月在《文藝》雜誌上發表的〈混沌未分〉描寫在東京隅田川教古式游泳法的美少女和老少兩個男人的關係，以加乃子深愛的河流為背景，描寫一對男女在水中親密的場面等，整個構想新鮮得叫人刮目相看，不少人認為是她的代表作。跟著一九三七年三月，在《文學界》雜誌上發表的長篇小說〈母子敘情〉更大受好評，從此各家雜誌社紛紛來約稿了。

〈母子敘情〉裡出現彷彿一平和加乃子的一對夫妻以及彷彿在法國留學的畫家兒子太郎。小說中的妻子掛念兒子之餘，開始在東京街頭追蹤背影像寶貝兒的小伙子。中年女作家和小伙子交友頻頻約會，可是最初主動的女作家最後也主動斷絕兩人關係，叫小伙子感到失落。加乃子經常把自己當作女主角寫小說，但是作品中甚少暴露實際生活中或者感情上的祕密，有意跟自然主義私小說劃清界線。

直到一九三八年十二月病倒之前，加乃子發表的作品之多以及題材之豐富，好比她耍了魔術一般。三六年七月〈決鬥場〉、十二月〈春〉、三七年一月〈明暗〉〈肉體的神曲〉、五月〈川〉〈和服悲喜劇〉、六月〈花有勁〉〈高原的太陽〉、七月〈仲夏夜之夢〉〈前世〉、八月〈開花摘花〉〈唇草〉〈金魚撩亂〉〈老主的一個時期〉、十二月〈城池陷落後的女人〉〈非得勝利〉、三八年一月〈狐狸〉〈爬山虎的門〉、二月〈往房門〉、三月〈後來五月裡〉、七月〈巴黎祭〉、八月〈東海道五十三次〉〈被召喚的處女〉、九月〈奧之道〉〈愛〉、十一月〈老妓抄〉、十二月〈快走〉等等。同一時間裡，她也出版了五本創作集和四本隨筆集。

岡本加乃子寫的小說，題材廣泛如芥川龍之介，文筆細膩如川端康成，耽美傾向似谷崎潤一郎或三島由紀夫，同時也有跟他們完全不同之處：女性觀點。可以說，她早年跟與謝野晶子等《青鞜》同人們學到的女性主義思想，在她作品中一貫能看到。

探討受虐的境地

文壇上，川端康成等屬於《文學界》圈子的作家們大力支持加乃子藝術至上的態度，而屬於左派寫實主義的作家們卻極力批評她作品的資產階級性格。同時，舉止之遲鈍，打扮之花稍等加乃子一貫以來的個人風格，仍舊給別人怪怪的感覺。於是她去參加文壇活動和其他作家們相處，往往被嘲笑、受欺凌，甚至有一次被人問及：是否妳吃的東西就跟別人不一樣？簡直把加乃子當作怪獸什麼的，果然她回家後大哭了一場。多數外人對她的看法，跟家裡的男人們眼中如童女一般純粹的加乃子比較起來，簡直是兩個不同的人似的。

加乃子能夠一口氣發表這麼多作品，一方面有從旅歐時期以來的積累，另一方面也有一平、龜三、安夫三個優秀男人幫她找資料、整理文章、謄寫稿件等等的幫助。特別是加乃子作品題材之豐富，乃一平不停地給她出主意才可能完成。瀨戶內寂聽把他們四個人的合作形容為日本傳統傀儡戲：文樂。加乃子是傀儡，一平是出面操縱傀儡的傀儡師，龜三和安夫則是永遠躲在黑布下，負責手腳動作的輔佐員。為了保持加乃子寫作的情緒，一平開始稱她為加乃子觀音，甚至跪拜她，都是為了叫她對自己與眾不同的文學才能有信心。在家之外，當一平對外人提到加乃子之際，就稱她為「女士」，好比她是大學者而自己是小學生一樣。

有趣的是，表面上看來由三個帥哥寵愛、崇拜的加乃子，骨子裡卻有淩駕於他們頭上，以支配男人為快的女頭目本質。她代表作品之一〈老妓抄〉就是一個老藝妓養一個小伙子，有意無意地寵壞他，從中感到樂趣的故事。其他作品如〈川〉裡則出現為了敬愛的雇主小姐自盡犧牲的家僕。在江戶時代以來的日本文學或者歌舞伎、文樂等戲劇作品裡，為了愛情滅亡的始終以女性為主。岡本加乃子的作品對此朗朗唱反調。雖然她長年崇拜的谷崎潤一郎作品如

《春琴抄》等也出現為雇主小姐甘於自殘的家僕，然而作者要探討的主要是受虐的境地。相比之下，〈老妓抄〉表現的倒是投射在女主角身上的施虐傾向。加乃子在文學的這一特點，跟她妹妹告訴瀨戶內寂聽的暴君性格好像不謀而合。

12

毀譽與褒貶

岡本加乃子是在近現代日本文壇上，被辱罵得最多的一個作家。她外貌被罵，她為人被罵，她作品也被罵。罵的是她同行，尤其跟她同時代的女作家罵得最凶。其中，吉屋信子（一八九六～一九七三）、圓地文子（一九〇五～一九八六）等幾個人，還專門寫過文章公開辱罵她。

吉屋信子說法

吉屋的一篇〈健壯的童女〉開頭講：她還沒出道之前，在另一

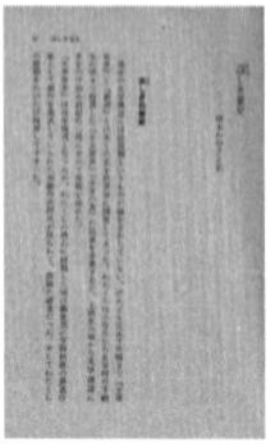

〈健壯的童女〉

個女作家的住處跟和歌作家時代的加乃子結識，被她的天馬行空藝術論深刻吸引，決定自己也一定要做文學家（其實，公然說受加乃子的影響而決定以文學為業的不僅是她一個人，有吉佐和子、津島佑子等後輩女作家。）那天，加乃子對於剛剛認識的吉屋，講述新婚時期的惡魔年代怎麼度過。當時，加乃子正在研究佛教，給吉屋留下了彷彿求道者的印象。在吉屋和加乃子一同坐電車回家的路上，有個陌生人等加乃子先下車，特地走過來問了吉屋：剛才那位是什麼樣的一個人？實在是奇妙的女人！

後來和加乃子的來往中，吉屋注意到，日常生活中的加乃子缺少各方面的社會常識：一個人出來就不知道要坐幾號公車回家；拜訪吉屋家時一坐下來就是大半天，而且連跟「水道端」的婚外情都仔細講述給她聽。私人交往已不得了，連加乃子的演講會以及當時跟老師學的舞蹈溫習會等公開活動，次次都是不堪入目的失敗。有一次加乃子寫的佛教題材話劇在大劇場上演，吉屋收到了加乃子寄來的招待票，到了劇場才得知她座位就在加乃子旁邊。整個晚上加乃子發揮青蛙本事，好比冰凍了一般地睜著大眼睛一動也不動，什麼也不說，連幕間休息時站起來去洗手間都沒有，叫吉屋感到拘束至極。

後來加乃子翻身為小說家，跟吉屋成為同行。有一次在加乃子的邀請下，吉屋帶著當時大紅的作家林芙美子去岡本家。然而，加乃子準備的餐飲、提出來的話題都跟場合完全不協調。在外頭約會，加乃子穿的裙子下面經常露出內衣下襬，濃濃的白粉搽得不勻而看得見粗糙皮膚上的毛孔等，可以用一句話來概括加乃子給人的印象：不協調。

有一天，吉屋聽到加乃子的訃聞。屈指數一數，兩人來往有二十年了。從一平嚎啕的告別會場地走出來的吉屋，忽然覺得一直給她壓力的加乃子不在了，要哭嗎？沒有。她反而得到了大解放似地在回家的車上忘我地熟睡。

圓地文子說法

圓地文子則更不客氣了。她在〈加乃子變相〉中寫道：加乃子處於菩薩和妓女之間；多數小說以她本人為主角，賣弄風騷迷惑讀者；看她作品猶如吸鴉片；小說裡的加乃子是跟現實中相反的美女，以色情的文字吸引年輕讀者；出身於封建時代的大家族，加乃子沒有近代人的克制，讓自我和自戀跟癌細胞一樣無限膨脹，簡直為巨大金魚一隻。

圓地認為：加乃子的和歌還不錯，當初覺得她慢慢說話的樣子也有獨特的美感，儘管打扮和化妝都粗糙得像鄉巴佬；旅歐回來後的加乃子變胖，身高一米五四，體重六十四公斤，睜開的黑大眼睛散發出原始人的激情；雖然〈鶴病了〉和〈母子敘情〉都好看，但是結構上幼稚得像小孩子的塗鴉；尤其在後者文中，彷彿加乃子的女主角把自己的樣貌形容為童女型天女，也讓男主角說她是年長美女，令人恥笑。現實中的加乃子不是美女，卻以美女情結為燃料，在作品中塑造出了一點兒也不像自己的美女主角。

瀨戶內寂聽說法

連瀨戶內寂聽寫的《加乃子撩亂》，序章也從加乃子在世時的傳聞開始。作者引用跟加乃子同時代的女作家森田玉的發言寫道：剛從歐洲回來，四十五歲的加乃子大白天穿著紅色晚禮服走在銀座大街上，被行人回頭看後埋怨地說「日本人真沒修養，叫人覺得不愉快，在國外絕不會有這樣的情況」。加乃子顯然缺乏客觀看自己的眼光。

關於大紅特紅的衣服，瀨戶內寫道：岡本家沒有女兒，過了惡魔時期後更終止了夫妻之間的性愛關係，一平開始扮演慈父的角色，把加乃子當作女兒，故意給她穿上少女般的衣服。加乃子方面，也為了扮演好女兒的角色，需要把自己塑造成一名童女。果然，加乃子常說：我早已不是從大貫家嫁過來的加乃子，而是在一平和我之間生下來的加乃子了。

跟加乃子同時代的男作家們對她的評價則中肯多了。甚至有文學家把加乃子捧為跟森鷗外、夏目漱石同一等級的傑出小說家。關於她的外貌，雖然沒有人誇說她美麗，但是說她特別難看的人也不多。三島由紀夫說：好比是谷崎潤一郎小說中的人物開始寫小說似的。評論家龜井勝一郎則說：像活了一千年的大金魚；顯然與眾不同，但也不一定討厭。她一輩子崇拜二哥的同學谷崎潤一郎，但是對方卻公然嫌棄土裡土氣的加乃子以及她寫的作品；也許個中發動著近親嫌惡的機制。

13

以小說創作昇華——女作家的外貌問題

女作家們對加乃子的辱罵往往像是生理上的反應，非吐不快。她們覺得：加乃子明明不是美女，還要化濃妝、穿搶眼的衣服、耽溺於跟小白臉的婚外情，不自量力，多不要臉。

文學評論家岩崎吳夫，為寫《藝術餓鬼岡本加乃子》（一九六三年）一書，訪問了當時直接認識加乃子的文學家們。其中很多人講到加乃子的濃妝：「要上舞台似的」「根本不像是知識階級的女人」「好比是面具鑲上了假眼」「一上街就有幾個小孩子跟蹤」「臉上濃妝，十隻指頭戴著九個戒指」等等。川端康成則說：「岡本女士的濃妝叫她吃虧，但是仔細看她的臉其實有小孩子一般的美，是一張豐滿的臉孔。」川端還看過加乃子在他面前放聲大哭的場面。

且回顧一下加乃子小時候的處境：化濃妝是武士階級出身的保母天天給她化上的。至於白粉塗得不勻，一輩子眼睛不好的加乃子自己化妝，恐怕照鏡子也沒看清楚效果究竟怎麼樣。她上學年代被同學取的外號青蛙，直到最後都是別人對她的印象：睜著一雙既大又黑的眼睛，遲遲不說出話來。

長期心結

加乃子做的和歌一般受到好評；那是在有限的字數（三十一個音節）裡，把自己的情感濃縮起來表達的。同樣的手法用於小說上，倒讓人覺得太露骨、不協調、不堪入目。這印象跟她外表給人留下的印象不謀而合。對她外表的評價往往影響到對她作品的評價。戲劇家川口松太郎年輕時當雜誌編輯，為邀一平寫文章，定期出入岡本家。他說：近距離看到的加乃子完全沒有虛榮心，乃甚少見到的好人。

仔細看加乃子的作品，就很清楚：她在重視女性外貌的日本社會，長期感到委屈，要把心中情結通過小說形式予以昇華。一九一九年三十歲時寫的短篇〈加也子的童年時代〉相信是加乃子的處女小說。其第一行就以親戚老人說出的這句話開始：「加也子的臉孔只有眼睛和嘴巴，非得準備不少嫁妝才能嫁出去了。」日本社會在那年代到後來很長時間，都說念完書的女孩子不趕快嫁出去就會成為家族的負擔。當年結婚又主要通過相親，而對女孩子而言美貌才是最大的賣點。結果其貌不揚的女孩子從小被人看不起，要被罵為飯桶。

所以，加乃子不會不知道自己的外貌在別人眼裡是什麼樣的。好在她從小受母親的疼愛和保母的寵愛長大。結果，她喜歡自己，喜歡自己的名字，也喜歡自己的臉孔。只不過由別人看來會是可惡的自戀。在惡魔時期出的第二本和歌集《愛的煩惱》中，她就這麼詠道：

加乃子呀，妳像枇杷的明亮眼睛，最近憔悴了，有何煩惱？
加乃子呀，聽不到妳像小鳥的聲音，秋天多麼寂寞
加乃子呀加乃子，別哭了，給妳身邊孤獨的孩子唱搖籃歌吧

二十一世紀重新解讀

加乃子的一些作品，近一百年以後看仍給人新鮮的印象。例如，在〈鶴病了〉和〈母子敘情〉之間發表的〈肉體的神曲〉就以肥胖女孩為主角，講述她從學校畢業出來後，為了避免嫁不出去的尷尬場面，主動去山區，想透過體力勞動和運動達到減肥的目標。這名女主角雖然身體肥胖，但是喜歡自己的臉，後來被常在公車上見到的男人給看上。

另外，加乃子最後在家中養病時期發表的〈壽司〉就以厭食症為

主題，談到富家男孩和他父親、母親之間複雜的心理關係。還有，她去世三個月後發表的〈雛妓〉中，出現和作者及主角同名也叫加乃子的雛妓，她身世孤獨，年紀輕輕就被賣出去，連主角都不能救她。兩個加乃子在作品中互相叫喊名字的場面叫人忘不了。

這些主題可以說超前幾十年，她同代人包括很多同行都沒有真正看懂。果然，進入了二十一世紀以後，出現了研究者從女性主義觀點重新解讀加乃子的這些作品。

14

曲終人散

一九三八年五月，從大學時代即住在岡本家的恆松安夫，這時已經三十九歲，決定結婚而引起加乃子的憤怒，一夜之間從青山岡本家被踢了出去。後來新田龜三對瀨戶內寂聽說：「有我們三個人恰好能夠撐持加乃子一個人，少了安夫以後，那平衡就消失，間接導致了加乃子健康方面的問題。」

同年十二月十二日，加乃子為了寫祝賀新年的和歌，單獨一個人去了離東京大約八十公里的海邊小鎮油壺。未料，在那裡再度腦溢血，並且沒有再康復。

加乃子之墓

評價開始轉變

接到旅館電話的一平跟新田龜三匆匆前往，意外地聽到：原來，加乃子是跟一名大學生一起投宿的，而她病倒後，那個學生就逃之夭夭。加乃子在那家旅館休養到翌年的元旦，後來回到青山的家。一月份，在家養病的加乃子不僅拿不起筆來而且連照鏡子都不願意了。這段時間裡，被列為她代表作品的〈家靈〉和〈壽司〉問世。另外〈老妓抄〉入圍芥川獎。二月十八日，她病情惡化，送到東京帝國大學醫院小石川分院搶救無效，享年四十九。

一平和龜三，把加乃子的遺體運到東京西郊的多摩靈園去，並從全東京的花店買來玫瑰花、牡丹花、康乃馨，把本色木料做的棺材用大量花朵埋沒後，再以泥土埋葬了。買花的費用達三萬日圓，相當於當時普通上班族二十五年的收入。加乃子生前說，死後萬萬不要火葬，兩個男人尊重了她的意願。

一平著作《記加乃子》

岡本加乃子的訃聞發表得比一般晚幾天，引起坊間對她的死因議論紛紛。不過，她死後四十九天召開的追悼會，日本文壇約有七十個人來參加，對加乃子的評價已開始轉變。有吉佐和子寫下印象道：一平先生放聲大哭，說「好比同時失去了母親和女兒」。

叫人驚訝的是，加乃子病逝後，其作品仍不停地被拿出來發表。其中不僅有〈河明〉〈雛妓〉〈某一個時代的青年作家〉〈她的早晨〉〈丸之內草話〉等短篇佳作，而且有兩部長篇《生生流轉》《女體開顯》也經過一平整理而問世，獲得了高度評價。

以旺盛的生命力正陸續發表小說的女作家，忽然死去就足夠叫人驚訝。但是，作者上路後，其作品仍舊大量問世，就很難不變成另一則傳說了。有人說，好比她花兩年半時間拚命寫著遺作似的。坊間早就有人說加乃子的小說是一平寫的。瀨戶內寂聽後來仔細探討後下的結論是：長篇小說的一部分應該是一平加寫。其他有些作品也經過太郎整理後發表。儘管如此，如果沒有加乃子其人，她名義下的小說還是無法誕生的。

岡本家的新頁

一九四〇年八月，太郎相隔十一年回到日本。

在神戶港迎接太郎的一平，跟兒子說明了加乃子去世的過程。然後，接著告白道：青山岡本家有一個比太郎小一歲叫八重子的女人，原先在濱松市一家旅館工作，乃一平去旅遊認識的，而她肚子裡已經有個孩子了。此時快到三十歲的太郎，雖然吃驚但是覺得這樣子對一平好。他認為，跟加乃子生活二十八年以後，要娶一個風格與她完全相反的女人，是頗合人情的。何況一平跟加乃子，大約二十年都沒有同床了。

一平在加乃子身後，一方面應邀寫她的追悼文，也賣命整理她留下的原稿陸續發表，另一方面，被壓抑了很久的情慾一下子大爆發了。他認識八重子之前，曾向一個年輕女性求婚而遭到反對。那居然是加乃子已故哥哥晶川的遺女鈴子，即加乃子的姪女。成了寡夫的一平似乎想找回年輕時候的激情，相隔三十年又去多摩川對岸的大貫家提親。然而這次沒有成功，畢竟他已經是五十多歲的初老男人了。

跟一平一起親手埋葬了加乃子遺體的新田龜三，在岡本家住了前後十二年。加乃子去世以後，他才向一平告白道：其實和加乃子之間，一直是有男女關係的。說起來也很奇怪，但是之前一平真的相信自己開始禁慾後，加乃子也一樣守著禁慾的諾言。加乃子去油壺海灘旅館病倒時，身邊有個年輕男人這一個事實，給龜三和一平帶來了不同程度的打擊。他們長年對加乃子的信仰、信任一下子給打碎了。這大概是加乃子的死訊遲遲沒有發表的部分理由：他們需要時間來整理自己的思想和情緒。

為了恢復心理平衡，一平讓自己的情慾相隔二十年大爆發，是不難理解的。龜三方面，也等到一平決定娶八重子成立新家庭以後，就回到岐阜縣白川村的老家去，繼承父親開的醫院，也被推薦成為村長。當太郎從巴黎回到日本的時候，新田龜三已經結了婚。可見，加乃子之死不僅意味著她一個人的死亡，而且意味著青山岡本家的結束。

15

超現實主義藝術家——太郎登場

岡本太郎是日本第一位成功的前衛藝術家。在小野洋子、草間彌生、村上隆、奈良美智等世界級藝術家出現之前，日本早有岡本太郎。這顯然是他從一九二九年到四〇年，在巴黎留學用功贏得的成就。

他在巴黎大學學習哲學、文化人類學以後，最後還是回到美術，跟抽象藝術大師畢卡索來往，在當地被視為十位新進有為年輕藝術家其中之一，也被法國當地的報刊介紹。他選擇走抽象、超現實主義藝術之路，是因為不必依據西方藝術傳統，使得東方背景的

《青春畢卡索》

太郎能夠跟西方同行平起平坐。

儘管如此，從巴黎回日本後的太郎，並不是自動被日本的環境擁抱愛護的。

首先，母親加乃子已經去世，而且是跟比太郎還小幾歲的男大學生一起去海灘旅館中風的。結果父親一平和長年同居的龜三都受到刺激，才分別找年輕女性匆匆結婚，要不很難保持心理平衡。太郎理解他們的苦楚，不過那意味著原先的岡本家族已經解散，太郎回到日本時，可說是無家可歸。

當時的日本在太平洋戰爭前夕，中國的戰事遲遲不能了結，為了打開局面，非跟英美打起來不可的樣子。三十歲的太郎，應該很快就要入伍當兵去。他趕緊拿出從巴黎帶回來的繪畫作品，參加日本畫壇上的大舞台二科展而獲獎，也在東京銀座三越百貨舉辦了個人展覽會。第二年，把母親的書信整理好出版後，一九四二年初，便離開東京往前線去了。

寄居川端康成鎌倉家

太郎的當兵生活持續了五年，最後一年在中國的俘虜收容所裡。在這期間，一平和八重子生下了一男三女，太平洋戰爭開戰後，為了避開戰火而到新田龜三住的岐阜縣山區。一平繼續領《朝日新聞》的薪水，還畫畫賣給當地人，雖然離加乃子一輩子追求的純藝術很遠，但是印證了父親可亭早年的預言：畫畫能夠維生養家。

一九四六年六月，三十五歲退役回日本的太郎發現：在東京大空襲中，青山岡本家的房子、他在巴黎畫的作品與加乃子的遺物都化為灰燼了。他到朝日新聞社去打聽，得知一平和家人在岐阜縣，遠路過去才見到了又分開將近五年的父親。年輕時那麼重視都會氣派的一平，這時已變成了名副其實的鄉下老頭子。他勸太郎先自己在東京打好事業基礎，過些時候，一平自己再考慮要不要回去。

這時候，加乃子的老恩人川端康成主動幫助太郎，叫他先到川端夫婦鎌倉的家暫居，再慢慢考慮以後的路。太郎也有一段時間是寄宿在多摩川邊的加乃子老家。好在一九四七年和四八年，岡本加乃子選集共三冊以及全集共十五冊出版，之後的版稅叫太郎喘了口氣。

誰料到，一九四八年十月十一日，岐阜縣來的電報告知太郎，一平突然去世，享壽六十三。一平跟八重子之間留下的四個孩子，最大的才剛上小學，最小的還在吃奶。

太郎去岐阜縣鄉下主辦葬禮，畫下了一平躺在棺材中的模樣，最後三喊萬歲送走了他。繼母八重子和她家親戚都向太郎叩頭請求扶養一平的遺孀和兒女。三十七歲的太郎這下子得替父親扛起養家責任了。太郎在老岡本家的所在地青山蓋了棟小房子，把八重子和四個異母弟妹接了過來。可禍不單行，他感到嚴重疲倦去看醫生，竟診斷出肋膜炎來，得安靜休養三個月了。

加乃子和一平的最高傑作

後來的二十年，岡本太郎把父親一平在第二次婚姻中生下的四個孩子帶大。雖然沒有住在一起，但是每逢孩子們升學等關鍵時刻，例如男孩功課不好沒有高中願意錄取時，都由他出面代替父親的角色。

太郎自己戰後不久就認識了比他小十五歲，當初還在念大學的平野敏子。跟她同居了半世紀，工作上又成為不可或缺的拍檔，但是直到最後兩人在法律上都沒有結婚，卻收她為養女。社會上都說太郎是獨身主義者。如果他們知道太郎負擔養育四個弟妹的責任，大概會覺得太郎不敢結婚生孩子並不奇怪。

岡本太郎一輩子都公開讚揚母親加乃子的藝術精神，也從來沒有埋怨過一平推給他的家庭責任。光是這一點，就可以說他是非常不簡單，極為了不起的人。太郎在加乃子老家附近的多摩川右岸上，替父母建造的紀念碑題為〈驕傲〉，那是他對父母親的評價。

岡本一平和加乃子留下的作品非常多，但是他們的最高傑作無疑是兒子太郎其人吧。

紀念碑〈驕傲〉

16

代表昭和希望年代——〈太陽之塔〉

根據幾個民意調查結果，日本最有名、最受歡迎的藝術家是江戶時代的浮世繪大師葛飾北齋，其次是二十世紀的奇人岡本太郎。

岡本太郎最出名的作品是一九七〇年在大阪舉行的萬國博覽會之象徵建築〈太陽之塔〉。這個高達七十公尺的巨大作品，從外邊看來是一座塔，其實內部有地下、地上、空中三個部分組成的展覽室。中間有高度四十一公尺的鋼鐵製「生命之樹」從下到上串通，表現出生命從最原始的形態發展為今日人類的過程。參觀時觀眾要踏上單方向的電扶梯，一邊往上移動一邊觀賞展覽品；〈太陽之塔〉也具備著交通工具的功能。

對第二次世界大戰以後拚命復興的日本來說，大阪萬博是能跟一九六四年第一次東京奧運會比肩的國際性大型活動。由七十七個國家參加，來場人數達到了空前多的六千四百萬。當年的蘇聯和美國兩大國家的場館最大，人氣也最高。尤其美國館展出了太空船阿波羅號不久前從月球取回來的「月亮石」，要參觀的觀眾每天排成長長的人龍。

為期半年的博覽會結束後，各個場館被解體，〈太陽之塔〉本來也不例外。然而，日本社會對它愛護的程度竟超越任何人的想像。連電視卡通搬上銀幕的影片《蠟筆小新：風起雲湧猛烈！大人帝國的反擊》（二〇〇一年）裡都重複出現〈太陽之塔〉，它代表日本人心目中永遠值得懷念的、人心樸素、未來充滿希望的昭和時代。

大阪萬博會結束後已過了半個世紀，岡本太郎的這座代表作被列為國家指定文物，仍舊站在大阪萬博紀念公園裡。二〇一八年

〈太陽之塔〉正面

〈太陽之塔〉背面

〈太陽之塔〉的內部裝修完畢以後，重新對外開放參觀了。

一九七〇年的日本社會，從第二次世界大戰的失敗中剛剛復甦過來。經濟成長和國際化是當時全國上下一致的目標。結果，大阪萬博給全日本留下了非常深刻的印象。即使在五十年後，大家都記得當年的主題：「人類的進步與調和」。正如很多人都仍然能唱當年的主題歌〈你好，世界各國〉一樣。至於表現出綜合主題的〈太陽之塔〉，更成為了全日本的巨大寵物。

不過，很少有人注意到，〈太陽之塔〉的作者岡本太郎其實是反對萬博會主題「人類的進步與調和」的。實際上，〈太陽之塔〉表現出了和「人類的進步與調和」正相反的概念。這跟他早年留學巴黎的經歷直接有關。

17

放下畫筆，學做一個法國人——青年太郎和巴黎博覽會

一九三〇年，十八歲的岡本太郎跟父母一起抵達了巴黎。幾天以後，父母留下太郎一個人，轉往他們的目的地英國倫敦去了。

從此，太郎就得一個人熬過孤獨的青春歲月。當年巴黎有三、四百個日本畫家留學。可是，他們大多不會講法語，不能融入法國社會；專跟其他日本人聚在一起，學學法國畫壇上新流行的繪畫技法，過一、兩年就要回日本去。太郎不一樣。他從小受岡本一平、加乃子的薰陶，非得做個能夠國際通行的、真正的藝術家不可。為此他打算一輩子都住在世界藝術之都：巴黎。

但是，在人生地不熟的巴黎，十八歲的太郎一個人尋找出自己要走的路談何容易。他後來寫道：其實開頭的兩年半時間，什麼作品都畫不出來。於是，他先乾脆放下畫筆，住進了巴黎郊區一所寄宿制的中學，為的是打好法語基礎，也跟當地少年一起學學地理、歷史、數學、文學等歐洲知識階層必備的常識。然後，他才開始上私塾學畫畫，也到巴黎大學旁聽哲學課。後來的幾年裡，他一方面練畫畫，另一方面在大學讀社會學、心理學等人文科目。對當時的太郎來說，把自己培養成像樣的藝術家比畫出單一個作品更為重要。

有一天，他看到前衛繪畫大師畢卡索的作品而受到了大衝擊，眼淚不停地流下來。太郎在巴黎深感正派具象繪畫是依據歐洲長長的歷史傳統，對東方國家出身的他非常不利。相比之下，前衛藝術沒有歷史包袱，使他能夠自由發揮創造性。畢卡索自己不僅來自歐洲最南端的西班牙，而且還有阿拉伯血統，因此才畫得出與眾不同的前衛作品。

前衛藝術與民族學

太郎加盟康丁斯基、蒙德里安等當地名畫家聚集的抽象創造協會，畫出的〈彩帶〉〈受傷的手腕〉等作品受到高度評價。不過，他的作品與其說是抽象繪畫，更接近超現實主義。思想上，從跟哲學家喬治．巴塔耶（Georges Bataille）的來往中受到的影響最深刻，太郎甚至參加過巴塔耶組織的祕密結社活動。

一九三七年，巴黎舉行的萬國博覽會，對岡本太郎的人生道路造成了很大的影響。畢卡索以戰爭中的地毯式轟炸為主題的巨大油畫作品〈格爾尼卡〉，就是在那次的博覽會上第一次公開展覽的。博覽會上除了藝術作品，當時先進的工業機器等以外，還展出了從世界各地找來的民族學資料，如面具、祭祀用品等，並且博覽會結束以後，以那些民族學資料為基礎，巴黎成立了新的人類博物館。

岡本太郎看出畢卡索的畫風受非洲文化的影響，感到很興奮。他被世界民族的多元性以及民族學資料的具體性所強烈吸引，好比發現了從上空鳥瞰世界的新視角一樣。於是在巴黎大學，他轉到民族學系，開始上馬塞爾．莫斯（Marcel Mauss）教授每週在人類博物館地下室講授的民族學課，直到一九三八年通過筆試和口試畢業為止。

也就是說，青年時代的岡本太郎，在巴黎親身經歷過萬國博覽會上展覽的民族學資料後來收藏於人類博物館，並成為永久性研究機構的過程。同時，受到頂級專家莫斯的薰陶，他本人也被訓練為一名民族學家了。

太郎之所以在巴黎，前後被前衛藝術和民族學吸引，都是因為作為一個東方國家出身的留學生，非得在旁流某處找到自己的位置所致。一九三七年的巴黎博覽會，日本也建場館參加；日本館的設計師就是後來為東京青山的岡本太郎家（現岡本太郎紀念館）畫藍圖的好友坂倉準三。

三十年以後，岡本太郎應邀當上大阪萬國博覽會主題館總監之際，創造出顛倒總主題「人類的進步與調和」的大怪物〈太陽之塔〉的背後，竟有如此這般的青春經歷。

18

日本藝術新時代從岡本太郎開始

跟母親岡本加乃子一樣，岡本太郎也是常被日本主流社會誤解、嘲笑、辱罵的藝術家。他們母子性格很像，都過於純粹、認真，到一般人不敢相信的地步。再說，母子都從不炫耀自己努力學習的過程。結果，日本甚少有人談到太郎在法國讀巴黎大學民族學系直到畢業的經歷。正如日本文學界也甚少談到加乃子花多年時間研究的佛教思想，對她的文學創作有什麼影響。

一九三九年當加乃子去世之際，太郎還準備一輩子留在巴黎。然而，第二次世界大戰不久就開火，第二年巴黎被納粹德軍占領。太郎在巴黎的朋友們參軍的參軍、跑的跑。總之，法國社會的氣氛忽然間完全不一樣了。太郎經幾番考慮後，決定回日本。然而，那就等於跟最愛的法國互相敵對了，因此容易想像他心中必定滿是苦水。

一切從零開始

一九四〇年太郎回到相違十年多的日本。當時的日本，軍國主義風潮已瀰漫到社會上每個角落。他在回國的船上認識了一名女鋼琴家，上岸以後去她家見面，未料被她弟弟在臉上猛烈以拳相向，顯然對方以為他是個流氓藝術家。

不僅如此，在畫壇上，也大有人說太郎的作品「深受戰敗國法國的影響，根本看不懂」等等。太郎自己為了彌補關於日本文化歷史的知識，有段期間去京都、奈良參觀。但是，由他受過民族學訓練的雙眼看來，所謂日本文化其實明顯受中國的影響，使他一時找不到真正屬於日本的文化在哪裡。

一九四一年十二月，日本打起太平洋戰爭，太郎認為這是完全不可能打贏的一場戰爭。他被送到華中戰線，因為懂得開汽車，分配到汽車部隊。經過前後五年，據他自己說是「完全泥土顏色」的日子，於一九四七年回到日本，在廢墟般的東京，一切得由零開始。

太郎要跟既有的日本畫壇劃清界線。在一九四七年八月發表在《讀賣新聞》上的散文裡，猶如宣戰布告似地寫道：日本繪畫的石器時代結束了，新的時代由岡本太郎開始。

在畫壇上受到排擠，他要去別的地方找夥伴們。於是找文學界、建築界、音樂界等不同領域的年輕一代藝術家，要一起展開前衛藝術運動。他跟評論家花田清輝、小說家安部公房等人組織的「夜之會」定期召開討論會，吸引了許多年輕人，其中就有後來一輩子陪伴他的平野敏子。

岡本太郎說前衛，並不是要按照歷史發展的方向往前走，反而是要破壞先入為主的藝術觀，然後從零開始創造出一套全新的藝術。在《今日的藝術》一書裡，太郎就主張道：藝術不應該讓人舒服，藝術不應該漂亮，藝術不應該技術高，包括小孩子在內誰都可以畫畫……等。

屬於人民的藝術家

一九五二年日本從美國占領下恢復獨立，岡本太郎馬上就開始拿新作品去歐美各地辦展覽，從此跟國際藝術界保持同步了。

有一天，他在東京上野的國立博物館看到日本最古老的繩文土器。那是還沒有受到中國文明影響之前的日本器物，跟奈良、京都代表的所謂「和風」完全不同，雖然粗糙，但是散發出獨特的美感。直到當時，繩文土器在日本社會只不過是考古學者研究的對象，從不屬於美術鑑賞之範圍，更被視為跟日本文化藝術完全無關的古物。

今天在日本常聽到「岡本太郎發現了繩文土器之美」，其實就是「他發現了日本固有文化」的意思。一般都認為，日本文化是南島系繩文文化和大陸系彌生文化的混合物。這個視角就是岡本太郎開啟的。

太郎跟著訪問沖繩、東北等日本古老的文化還留下來，保持生命力的地方，其實就是在日本僻壤進行了民族學式田野調查。當研究北海道原住民族愛努人的傳統祭祀之際，他參考的就是羅馬尼亞出身的宗教人類學家伊利亞德（Mircea Eliade）解讀宗教儀式的手法。如今川崎市立岡本太郎美術館收藏原本屬於太郎的外文書籍幾百本，有研究者翻開伊利亞德的著作，發現很多書頁上有太郎畫的線、符號等。

儘管如此，岡本太郎在日本社會，通行的身分就是跟傳統畫壇劃清了界線的前衛藝術家，從不被視為民族學者。太郎帶照相機去各地拍攝文化事物和傳統活動，回到東京以後寫成紀行文，並且發表在藝術雜誌或綜合雜誌上，而不是寫成論文發表在學術雜誌上。

《岡本太郎的世界》

數寄屋橋公園前的〈年輕的鐘塔〉

因為岡本太郎是屬於人民的藝術家。

他不屬於畫壇也不屬於學界。是普通讀者和出版界、在前衛藝術運動中來往的文學界、建築界人士等其他領域的藝術家們支持他的。看他去世以後出版的《岡本太郎的世界》一書，他來往的知己包括：三島由紀夫、司馬遼太郎、石原慎太郎、金子光晴等文學家，還有音樂家武滿徹等人，但甚少有藝術家和學者。自己就很有學問的朋友們，個個都對太郎知識之廣泛、思考之深奧、文筆之順暢、為人之誠實，無不讚譽。

屬於人民的藝術家岡本太郎，基本上也不同意把作品賣出去讓少數有錢人擁有；他寧願自己把作品保有下來，拿去各地辦展覽給大眾看。從一九五〇年代起，他常常負責製作東京地鐵日本橋站、松竹劇場、東京都廳、有樂町數寄屋橋公園等公共場所的壁畫作品，後來也開始創作雕塑等立體作品，叫路人有機會接觸到他的作品，逐漸成為日本公共藝術的第一把手了。

舊東京都廳是二十世紀後半的紅頂建築師丹下健三的作品。十多年以後，丹下為大阪萬博會設計的主要建築物「祭祀廣場」，乃用長方形大屋頂蓋住廣場，並在上面創造出人們能活動的空間來。擔任主題館總監的岡本太郎，要在這高達三十餘公尺的大屋頂正中間打個大洞，讓身高七十公尺的〈太陽之塔〉在空中露出上半身來。丹下最後接受了太郎的建議。要不是有之前十幾年的協作關係，兩個藝術家如此合作是很難想像到的。

19

「人類並沒有進步」——催生民族學博物館

大阪萬國博覽會結束的七年以後，原地蓋了日本國立民族學博物館。

原來，業餘的民族學家岡本太郎設計的〈太陽之塔〉，地下部分展出了從世界各地，如非洲、南北美洲、亞洲、澳洲、歐洲等，收集來的民族學資料。那些是當太郎接下了萬博會主題館總監職務之際，委託東京大學和京都大學的民族學以及人類學研究室，派出共十八名年輕學者到世界各地去，花半年時間，從四十七個國家地區買回來的五百個面具、三百個神像以及一千二百件生活用品的一部分。

在這之前的日本博物館，只有從亞洲的舊日軍占領區搶來的物品，至於非洲、美洲、澳洲等地的文化，可說從來沒有日本人真正研究過。

大阪萬博會的主題是「人類的進步與調和」，但是岡本太郎一貫說：人類並沒有進步。他不是從歷史進步的角度直線追人類足跡，而是從民族多元性的高度鳥瞰世界的。對丹下健三造出來的近代主義大屋頂，太郎非用自古以來的民族多元性去對抗不可。於是在丹下規劃的近代概念式「祭祀廣場」地下，太郎設置了人類從原始時代起，真正為祭祀使用過的面具、神像等。

再說，不像一般博物館都用玻璃牆來隔開展品和參觀者，他把展品放在觀眾能夠伸手碰觸的地方，因為他真的深信藝術應該屬於人民。〈太陽之塔〉的形象似鳥、似人，但是最似跟繩文土器同時代的日本土偶。太郎在巴黎的人類博物館，早就看過從世界各地來的土偶，都是自古在祭祀儀式中不可缺少的。

年輕人的精神導師

設立日本國立民族學博物館的事宜，自從一九三〇年代開始，

《民族學》岡本太郎專輯

幾次有人提出過。但是，每次都碰上資金、用地等不同的問題，沒有實現。當岡本太郎當上大阪萬博會的主題館總監而派出十八個年輕民族學家、人類學家到世界各地去的時候，據說參與者之間就有默契：萬博會閉幕後，這些民族學資料即將收藏於新建的民族學博物館。後來的發展正如他們所預料。

今天位於博覽會舊地的日本國立民族學博物館收藏著三十四萬件民族學資料，乃全世界最大的一座民族學博物館。可以說，如果沒有在巴黎人類學博物館攻讀民族學的岡本太郎，今天這個規模的民族學博物館不可能存在於日本，儘管太郎本人從來沒有炫耀過自己在個中做出的貢獻。至於民族學博物館方面，對太郎的評價始終模稜兩可，猶如他是第二房的長子似的。

〈太陽之塔〉之所以在日本可以說是人見人愛，那也許是因為一九七〇年大阪萬博會的成功留下整體的美好記憶所啟動。也許是跟後來在電視上常看到離奇古怪的老藝術家岡本太郎有關。總之大家覺得非常親切，絲毫沒有一些藝術品叫人感到的疏離感。

家中的〈太陽之塔〉

巨大的〈太陽之塔〉一共有三張臉孔：頭部的黃金臉、腹部的太陽臉、背後的黑色臉。其中位於正面中部的太陽臉，歪嘴的樣子頗像調皮的小孩子。這是被社會常識所約束的大人不能做出的表情，讓人聯想到卡通人物如櫻桃小丸子，或者想到二十一世紀的日本藝術家奈良美智作品中總是不高興的小女孩。

一九七六年，太郎受麒麟威士忌公司委託，設計了底部有張臉孔的威士忌酒杯，並在電視廣告裡說：「杯底有臉也可以吧。」一那句話成了該年的流行語。有臉孔的威士忌酒杯是買了幾瓶威士忌就免費送的；太郎認為藝術融入人民生活至關重要，或者說藝術就是生活，生活亦是藝術。一九七九年《岡本太郎著作集》共九冊由講談社出版。同一年，他擔任了《週刊花花公子》雜誌的人生指南作者，逐漸成為年輕人的精神導師。

20

為太郎乾杯

一九八〇年代，七十多歲的岡本太郎頻頻出現在電視綜藝節目裡。以史特勞斯作曲的〈查拉圖斯特拉如是說〉為背景音樂，從幕後穿越乾冰煙霧，喊著「藝術就是爆發！」登場的樣子，後來很多人說像老小丑，甚至叫人憐憫。太郎自己認為藝術家融入民眾生活有意義，可是在高度發達的資本主義社會，包括藝術在內的一切都成為商品，給大眾嘲笑著消費掉。遺憾的是，電視節目中的印象多多少少影響了全體日本社會對藝術家岡本太郎的評價。

《為岡本太郎乾杯》

晚年的太郎患上帕金氏症，雖然創造欲未衰，但是行動就很困難了。拒絕賣出作品的結果，太郎直到晚年都擁有自己的很多作品，八十歲時全體捐給母親加乃子的家鄉川崎市，以便日後開辦岡本太郎美術館。一九九六年，因帕金氏症引起的呼吸困難，在東京慶應大學醫院也就是多年前母親加乃子住院認識新田龜三的地方瞑目，享壽八十四。

太郎沒有結婚也沒有孩子。但是，陪了他將近五十年的養女敏子，實際上是他老伴。太郎在世的時候，她完全躲在幕後，當他去世以後，就踴躍出面，為了讓太郎作品獲得永遠的生命，展開了許多活動。一九九八年，她把青山的房子改為紀念館對外公開。九九年，川崎市立岡本太郎美術館開幕了。

除了重新整理出版已經絕版的太郎著作以外，敏子自己所寫關於岡本太郎的書也陸續問世：《為岡本太郎乾杯》（一九九七）、《岡本太郎，存在》《太郎神話：叫做岡本太郎的宇宙》（一九九九）、《戀愛藝術家》（二〇〇一）、《現在，生命的力量》（二〇〇二）、《奇跡》《海神公主》（二〇〇三）、《太郎桑和烏鴉》（二〇〇四）、《岡本太郎玩樂的心》（二〇〇五）、《岡本太郎：岡本敏子第一次講述的太郎傳說》（二〇〇六）、《岡本太郎的友情》（二〇一一）等等。

這回人們才驚訝地發覺：原來作為養女、祕書，長期陪伴了岡本太郎的敏子，本身就是一位非常會寫的作家。甚至太郎生前出版的不少書都是敏子替他做口述筆記，整理好以後叫太郎過目確認，最後以太郎的名義出版的。對岡本家歷史熟悉的人們自然想起來了：太郎的母親加乃子在生命最後的兩三年時間裡，以驚人的速度發表了篇幅長度不同的很多小說作品，直到她去世將近兩年以後才停止。那背後也有丈夫一平等人極力幫忙。

明日神話

在敏子的著作中，最叫人吃驚的是二〇〇三年發表的小說《奇

《奇跡》

《岡本太郎看見的日本》

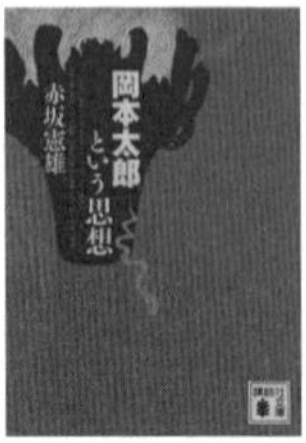

《叫做岡本太郎的思想》

跡》，乃借虛構形式仔細描述太郎和敏子的性愛關係。這本書問世的時候，敏子已經七十七歲。她對曾寫了《加乃子撩亂》的瀨戶內寂聽說：性愛場面都是真的。在如今草食系男女並不少見的日本，如此濃密，有人說是巴塔耶式，性愛中引用了古代宗教儀式似的男女關係，即使在小說、電影中都不多見。若要在華文作品中尋找類似的例子，大概能舉例張愛玲原著，李安導演拍成電影的《色，戒》吧；可那對男女不是一起生活多年的夥伴。

總之，在太郎去世後的幾年裡，歸功於敏子充滿精力的宣傳活動，岡本太郎在日本社會的可見度以及整體社會對他的評價，重新提高了很多。

例如《岡本太郎看見的日本》《叫做岡本太郎的思想》兩本書的作者赤坂憲雄是日本民俗學家，本來對岡本太郎沒有興趣，可是，每次在文化界活動上遇到敏子，她都到他身邊說：太郎在民族學方面的著作，需要由專家來介紹給普通讀者。於是當初給逼上梁山的赤坂，開始閱讀太郎的著作以後，不知不覺之間被他迷惑了。

在《岡本太郎看見的日本》後記裡，赤坂告白道：通過敏子引介，似乎愛上了岡本太郎這個複雜的人物。

顯而易見，岡本敏子是非常優秀的編輯，她深知叫誰寫什麼題目最合適、最有效。

另外，敏子也下很多功夫、花很多精力搜尋了跟〈太陽之塔〉幾乎同時創作的作品，太郎在墨西哥製作的巨大壁畫〈明日神話〉。

那最初是為了當地新建的高層飯店大廳應邀製作的壁畫作品，有三十公尺寬，五點五公尺高，以核子彈爆發為主題，卻讓人期望美好的將來，大膽地表現出了他長期主張的對極主義。被問那是什麼主義，太郎回答說：把相互矛盾的兩個因素如實表達出來，換句話說是「猛烈不協調」。最後三個字「不協調」，果然就是曾經批判加乃子的人們常用的一詞。雖然加乃子和太郎所走的藝術路線不一樣，但是性格和思想都驚人地相似。太郎也常說：被人誤解才是藝術家的王道。好比他要把母親被動的窘境換成主動的藝術態度。

〈明日神話〉

必讀的人生指南

〈明日神話〉是岡本太郎在大阪萬博會前的忙碌日子裡，抽空飛往墨西哥幾十次，才完成了那幅巨大壁畫的。然而，當飯店老闆去世以後，遺族把樓宇轉讓給別人，〈明日神話〉究竟在哪裡？之後的多年都無影無蹤。敏子通過不同的管道重複地打聽，二〇〇三年終於親自找到了被藏在墨西哥市郊外一棟建材倉庫裡的壁畫。

然後就出現了如何把它運回日本，運回日本以後應該給誰復原，復原好了該放在哪裡展覽、保管等等問題，都需要敏子去解決。二〇〇五年，在墨西哥拆卸好的壁畫，載在船上即將往日本出發的消息傳過來。誰料到，最感高興的敏子，沒多久就忽然去世，好比舞台布幕突然落下來，一場戲就此結束了。她享壽七十九。

運營東京青山岡本太郎紀念館等，敏子生前從事的主要業務由她姪子平野曉臣繼承。他是個建築師，作為空間媒體總監，參與過

《Casa Brutus》封面

西班牙、義大利、韓國、葡萄牙舉行的萬國博覽會日本館的設計。

至於順利運回日本來的〈明日神話〉大壁畫，經過修復，辦了場展覽會之後，二〇〇八年正式設置於東京澀谷火車站從ＪＲ剪票口通往井之頭線剪票口的通道上。就這樣，岡本太郎的兩個代表作〈太陽之塔〉和〈明日神話〉，都作為重要的公共藝術作品獲得了永久的生命。

晚年一時低迷的岡本太郎名氣，在他去世後的二十多年時間裡，完全反彈回來了。連最受年輕一代歡迎的創作音樂家Aimyon都公開吐露：愛死岡本太郎。為此《Casa Brutus》雜誌還出了個專輯。

至於太郎生前問世的書，一本又一本地重新出版、再版而受網紅青睞，成為了名副其實日本青年必讀的人生指南書。在日本亞馬遜上，人氣最高的《自己心中擁有毒吧》一書竟有兩千三百多條留言。

21

永遠的聖家族

岡本太郎生前，跟父親一平、母親加乃子一起度過的時間並不長。也許就因為如此，他們想念彼此之情才那麼強烈。

今天，在東京西郊府中市的多磨靈園一角，岡本一平、加乃子、太郎、敏子四個人永久地聚在一起了。再說，川端康成在《母親的書信》推薦序裡稱他們為「聖家族」的一段刻在一座石碑上，好比是主持婚禮的牧師似地站在兩代人墓碑的中間。聽說，一九七二年川端康成自盡的時候，生命最後的時間裡在寫的文章就是《岡本加乃子全集》要收錄的解說。他和岡本家人之間的緣分實在不淺。

互相深愛又尊敬

多磨靈園於一九二三年，作為東京第一個公園墓地開園。面積大到東京巨蛋棒球場的二十七倍，有文學家三島由紀夫、與謝野晶子、軍人山本五十六、東鄉平八郎等多數名人的墳墓。

這裡樹木繁茂，每個季節都有花開，整體環境滿可親。結果，有不少人一邊散步，一邊參觀名人墳墓，然後把心得登在社交媒體上，可說是歷史／文學散步的變種吧。最近也流行稱呼他們的新名詞：Mailer。日語中，到墓地參拜說成「墓参り」（haka-maili），新名詞在動詞「參」（mailu）後面加了英文後綴（er）。網路上介紹日本各地名人墳墓的資深Mailer說：在整個多磨靈園裡，最特別的無疑是岡本家的墳墓。

加乃子的墓碑用的是觀音菩薩像；一平的則是兒子太郎做的立

加乃子之墓

太郎和敏子的墓碑

岡本一平的墓碑

體作品〈臉〉。一般來說，最虔敬的佛教徒、最崇拜觀音菩薩的信徒也不會把觀音像當墓碑用的。不過，加乃子生前，一平就是把她當作觀音菩薩崇拜的；加乃子身後，一平向太郎提到加乃子的時候也用「觀音」一詞。估計其中一個因素是「加乃」（Kano）和「觀音」（Kannon）在日語中幾乎諧音。總之，把觀音像當作加乃子的墓碑，由一平和太郎父子看來沒什麼不妥。至於一平的墓碑「臉」則是岡本太郎於一九五二年第一次嘗試做的陶像，有一公尺寬，一公尺高，前後兩面有不同的兩張臉。一九五四年，一平去世七週年的法事上，由太郎自己設置。

當初為驟亡的加乃子買墓地的時候，一平經交涉購入了比起標準面積三倍大的地皮。他沒有寫下當時為什麼那麼做。不過，有三倍大的地皮方才可以立三塊墓碑，能夠分別屬於加乃子、一平、太郎；不同於其他墓碑一般都寫著「某某家之墓」，地下放入家族好幾個人的骨灰罐。

加乃子和一平的墓碑給人的印象很不一樣。不過，考慮一下他們各自的藝術風格，又不能不說是滿合適的。至於太郎和敏子的骨灰，則一起埋在同一座青銅像〈下午的太陽〉（一九六七）之下。大小跟一平墓碑幾乎相同的一張臉，像是小朋友用雙手撐著臉頰微笑的樣子。以這個作品為墓碑是太郎去世之後敏子決定的。孩子笑著面對父母親的墓碑，充滿著家庭圓滿的感覺，相信太郎一定很滿意。

不朽的藝術生命

刻在石碑上的文章裡，川端康成寫道：他們三位，彼此提升的同時，也提升了自己，乃在日本家族中很少見到的。他們互相深愛又尊敬，分別寫下了家族的故事：加乃子的《母子敘情》等多部小說、一平的《記加乃子》、太郎的《母親的書信》。再說，《母親的書信》中也收錄不少〈父親的書信〉以及〈兒子的書信〉。當母親過世之際，在父親和兒子之間有如此美麗書信往復的例子應該不多。

人的生命有限，藝術卻會永垂不朽。通過三個成員的創造與書寫，岡本家族似乎獲得了不朽的藝術生命。

當太郎一百年冥誕的二〇一一年，NHK電視台播放了以他生涯為主題的連續劇《TARO之塔》，飾演加乃子的寺島忍獲得了放送文化基金賞演技獎。

太郎的代表作〈太陽之塔〉經過裝修重新開放的二〇一八年，由對多數人的訪問組成的紀錄片《太陽之塔》公開上映。第二年，紀錄片《岡本太郎的沖繩》亦上了銀幕。

岡本家的故事似乎特別引起劇作家的興趣，以岡本家三口子為主要角色的戲劇頻頻出現：《加乃子觀音》（二〇〇二）、《Egeria：生生流轉，岡本加乃子》（二〇〇五）、《太陽之塔》（二〇一一）、《只有兩個人的葬禮：加乃子和一平》（二〇一五）、《奇妙也：岡本一平和加乃子的坎坷航海》（二〇一六）等比比皆是。另外也有把加乃子的小說作品搬上舞台的《愈益輝煌——

根據岡本加乃子〈老妓抄〉》（二〇一六）、《壽司店的女兒》（二〇二一），以及台灣郭珍弟導演拍成影片的《越年 Lovers》（二〇二一）。

22

傳奇的散步日記——大阪萬博紀念公園

有〈太陽之塔〉也有國立民族學博物館的大阪萬博紀念公園，是在東京青山的岡本太郎紀念館和川崎市的岡本太郎美術館之後，岡本太郎巡禮之旅不能不去的第三個聖地，也是任何人有機會到日本關西地區時，順便抽一天遊玩的好去處。

萬博紀念公園在於大阪北部的千里丘陵。從京都過去沒那麼遠，在ＪＲ京都—神戶線茨木站下車後，坐公車過去就到。若要從大阪市內搭ＪＲ線或私鐵電車過去的話，換坐大阪單軌電車，到萬博紀念公園站即可。

一九七〇年的萬國博覽會至今已過了半個世紀。當初開發丘陵地帶，建造了包括貝聿銘設計的中華民國館在內總共一百二十多棟場館的博覽會場，早已變成樹木、草坪，很悅目的綠色大公園了。每逢假日都能看到大阪地區的爸爸媽媽紛紛帶小朋友來玩耍、野餐。

還沒進入公園之前，老遠就能望到岡本太郎所設計，高達七十公尺的〈太陽之塔〉屹立在大門正對面。一九七〇年舉行博覽會的時候，排上許久的隊伍方能進去的〈太陽之塔〉，如今只要事先在網路上訂票，就能順利進去參觀裡面充滿太郎風的展覽空間了。

當年來萬博會的觀眾，是從〈太陽之塔〉地下搭上螺旋式電扶梯，經過塔的內部，一直上升到它手腕部去的。經過二〇一八年的耐震工程，電扶梯拆除，如今遊客要在塔內一步一步走坡道爬上去。其實這樣也不錯，能夠按照自己的速度和節奏，慢慢參觀塔內多如牛毛的展覽品。

在陽光射不進來的塔內，空間給燈光染成藍色和紅色。在塔的底部展覽著太郎的立體作品〈地底的太陽〉，看起來頗像放在東京多磨靈園的岡本太郎夫婦墓碑；另外就是在萬博會的籌備過程中，東京和京都兩所國立大學的年輕學者們被派去世界各國收集回來的面具、祭祀用品等。中間豎立的四十一公尺〈生命之樹〉上，從底部到高空，總共有兩百九十二隻生物模型：變形蟲、恐龍、爬行動物、猴子、原始人等等。

接近海外旅行的經驗

岡本太郎是屬於人民的藝術家。他的學問很大很大，但是從不炫耀。關於塔內底層擺放的各國面具等，他也從不公然解釋究竟有什麼意思。只有那些被派去遙遠處找民族資料的年輕人屏住氣息地等待著，當為期半年的萬博會閉幕後，那些資料就要靜靜地送到即將開幕的國立民族學博物館去。換句話說，又一次，猶如魔法一般，博覽會變成了博物館。

因疫情不能出國的日子，去大阪萬博紀念公園裡的國立民族學博物館，可以說是最接近海外旅行的經驗。裡面擺放的是從澳洲、美洲、歐洲、非洲、西亞、南亞、東南亞、東亞地區（包括日本）

找來的生活、宗教、文化用品，包括衣服、家具、樂器、武器、人偶、玩具等等，簡直稱它為旅行家的遊樂園都該不過分了。

主要在二樓的展覽廳有一萬七千平方公尺之大（約五千多坪），分成十多個展覽區。除了展品以外，還有屬於民博的文化人類學家們去世界各地對當地人訪問的影像等，都能夠在個人視聽間裡收看。一個一個都太有意思，叫人恨不得花多少天就花多少天也要把全部都看完。如果是對不同的民族文化感興趣的人，恐怕花一整天慢慢參觀都不會厭倦，不會看膩。幸虧博物館附設著名建築師黑川紀章設計的餐廳，肚子餓了可以先去吃東西，然後再繼續世界民族旅行。

我就是那樣子每隔幾年會去一次，看看過去沒有看完，或者沒有看夠的展覽。博物館方面也不停地調整展覽內容，所以每次去都保證能看到新的內容。再說，民博也有語音導覽服務、圖書館、書店、禮品店。我建議愛文化的朋友們，到了京都、大阪，就順道去萬博紀念公園。

回憶的散步

曾經書香洋溢新宿站東口

凡是知道文化這個詞的人，該都明白咖啡店並不是來消費的地方，而是會產生文化價值的地方。相馬黑光的文化沙龍，雖然在第二次世界大戰以前就消失，但是它的精神還多多少少保留到二〇一〇年左右。我花了好幾年時間，才算搞懂到底消失的是什麼。

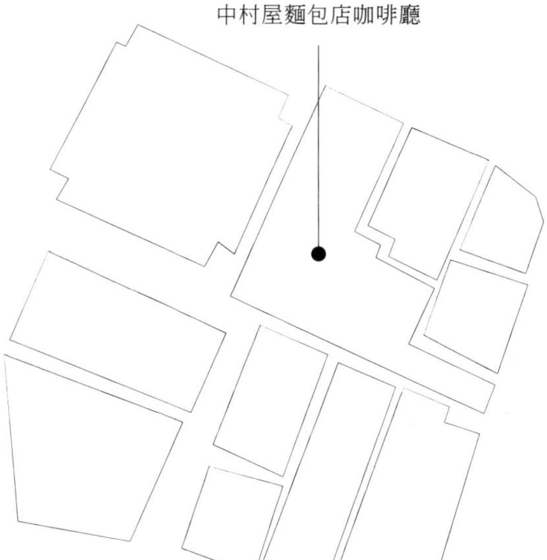
中村屋麵包店咖啡廳

保持一個都會的風格——麵包屋文化沙龍的女主人

我們活在很奇妙的時代。在網路上找一找確實存在的一些東西，現實中去找反而找不到。那是因為網路反映著過往的時代嗎？還是因為有人故意在虛擬空間裡造成沒有現實根據的幻想嗎？總而言之，我從前以為會永遠存在的東京地標之一消失了。

那是東京新宿站東口的中村屋麵包店咖啡廳。

曾經我在海外漂泊的日子裡，偶爾回來日本，跟老朋友們約會的地方，始終定為中村屋一樓及地下的咖啡廳。因為長期不在日本的時間裡，新開的店家被淘汰，新陳代謝的速度比老字號快得多。

我以為，老字號強在擁有自己的土地，不會因為租金提高而被迫搬走。好在新宿站東口有幾家可靠有底子的老字號：紀伊國屋書店、高野水果店、伊勢丹百貨公司、武藏野館電影院、中村屋麵包店。

那些老字號做的不是單純的買賣，而是創造並保持一個都會的風格。例如，一九二七年開張的紀伊國屋書店，一開始就注重人文學術書籍，也設置畫廊。創業老闆田邊茂一本人就是慶應義塾畢業的文化人，小時候被父親帶去丸善洋書店而憧憬了經營書店的。他創辦過文學雜誌《文藝都市》《行動》《文學者》《風景》等，戰後更設立紀伊國屋小劇場。

一九七〇、八〇年代，我在東京上高中、大學的日子裡，就是在紀伊國屋小劇場看藝術電影、前衛話劇而受到影視藝術啟蒙的。不僅如此，大學時代，跟朋友們一起辦的第一份同人雜誌《ananas》（鳳梨）的編輯會議，亦定在紀伊國屋大樓二層的Brooke Bond紅茶店召開。我們喜歡那家店，因為當時在日本文青愛到不行的小說家庄司薰撰寫的紅帽子四部曲中常出現的緣故。新宿不僅是鬧區而且是有書香的鬧區，有一部分歸功於紀伊國屋書店，但也有一部分歸功於中村屋麵包店。

二十世紀初，原先位於本鄉東京大學附近的中村屋麵包店，一九〇七年在新宿站東口開分店，兩年後正式搬來。日本最有名的高級水果鋪高野商店，則是一九〇〇年創業，二六年西式水果冷飲部開張。武藏野館電影院一九二〇年開館。以上幾家店鋪至今都還在經營中，老字號有底子之說該站得住腳吧。同時也從此能窺見，新宿一開始就有文化氣息。其實中村屋麵包店搬到新宿來，也是因為住在東京西部的知識階層比其他地區多，相信他們對源自西方的新潮食品麵包應該更能接受。

當年新宿是在東京西部新開發的商業區。一九二九年由著名詩人西條八十填詞而走紅的時代曲〈東京行進曲〉中就有一段唱道：

去看電影？
還是喝紅茶？

乾脆乘小田急私奔都無不可
變化中的武藏野新宿
連月亮都從百貨屋頂升起來

〈東京行進曲〉中的電影院是武藏野館，百貨商店是伊勢丹，紅茶應是在同一年中村屋附設的喫茶部喝的。

大正摩登時期的文化沙龍

說到文化沙龍，一般會想到十七世紀到十九世紀，主要在歐洲巴黎、柏林等城市，貴族或富豪婦女把自己家中的客廳開放給文人、藝術家，讓他們自由地來往，在互相琢磨的過程中，產生進一步精緻的文化作品以及文化環境。

卻甚少人提到其實在二十世紀初的日本東京，也曾有過聞名於世的文化沙龍。女主人就是新宿中村屋的老闆娘相馬黑光（本名良，一八七六～一九五五），因為她平時在麵包店直接指揮買賣，所以沙龍就開在店鋪後面的相馬家客廳裡。

常出入中村屋沙龍的有畫家、雕塑家、話劇演員、書法家、記者等等。同時也有印度獨立運動的領袖、來自俄羅斯的盲眼詩人、朝鮮抗日運動的領導人等被日本警方注意的外國人。中村屋至今著名的外國風味商品，如印度咖哩、羅宋湯、皮羅什基、月餅、肉包子、豆沙包等，統統是黑光跟外國友人的來往中學到或者受到啟發的。明治初年出生的日本女人不僅能夠用英語、俄語跟外國人交朋友，而且還敢出面保護日本官方、警方要壓迫的對象，著實談何容易。想想當時被譽為「當代紫式部」的樋口一葉只比她大兩歲，雖然一葉文筆之好是毫無疑問的，但是兩人形象則屬於兩個不同年代似的。黑光與其說超前時代，倒不如說是一輩子的激進派。

黑光出生在仙台的沒落武士家。雖然沒落，但是保持著武士道的倫理觀念。仙台屬於在明治維新中失敗的一方，進入了明治時代後，許多人改信了剛解禁的基督教，被稱為「耶穌武士」。早年的黑光基本上是根據「耶穌武士」的倫理規範開拓了自己的人生道路。

家裡並不富裕，可是黑光對知識的嚮往是誰都擋不住的。她八歲開始上教會，十四歲還在家鄉時受洗。幾乎同時聽到東京有一所明治女學校，乃著名文化人為女子開設的新式學校，就單槍匹馬去東京，由教會人士介紹，先就讀橫濱的基督教寄宿學校，後來成功轉學去明治女學校。黑光沒有女性該端莊這樣的觀念，自由自在地跟男性朋友交往，同時也受基督教影響，相當重視貞操。然而，她憑空寫出來的戀愛小說被誤解有事實根據，還在八卦報紙上登出來，不僅給她自己而且給明治女學校丟了臉。

傷心的黑光決定嫁給教會人士介紹的相馬愛藏，是長野縣山區富農的兒子。愛藏也是基督教徒，讀過早稻田大學，回家鄉後研究養蠶的同時，為當地青年開辦學校。貧窮的黑光，沒有什麼嫁妝可帶，卻從東京帶去了一幅油畫和一台風琴。結婚前，她看了英國詩人華茲華斯的詩歌而嚮往田園生活，可是真正到山區當起農家的兒媳婦，對武士家出身的黑光而言，不能習慣的事情很多很多。最後鬧起神經衰弱來，決定跟愛藏一起回東京自力更生。

於是從事的新行業，就是當時的新潮食品麵包的製造及零售。位於本鄉東京大學對面的中村屋麵包店，正要把店鋪賣出去，恰好相馬夫婦願意連設備帶客源都買下來。新生的中村屋一九〇一年開張，以「書生麵包店」為經營概念，黑光不打算因從商而放棄文化生活。

其實，黑光不僅自己愛文化活動，而且不停地大大影響周圍的人。例如，愛藏在山區的後輩荻原守衛（一八七九～一九一〇），就是因為看到了黑光作為嫁妝帶去的那幅油畫，對西洋美術一見鍾情；相馬夫婦開麵包店的同一年，他往美國出發，跟著又到法國深造，遇到以〈沉思者〉聞名的大雕刻家羅丹，終於找到了畢生志業。今天在近代日本美術史上，荻原守衛算是第一位受過西式訓練的雕刻家。他回國兩年後，才三十歲忽然吐血去世，留下的代表作〈女人〉是女性全身裸體像，雖然另有人去他畫室當了模特兒，一般都相信真實模特兒其實是相馬黑光。今天，除了新宿中村屋大樓裡的迷你美術館以外，國立近代美術館收藏並經常展出〈女人〉。

一九〇九年，黑光三十四歲，中村屋搬來新宿現址，是因為麵包店生意做得越來越大，而且定期要把商品送去給顧客時，很多都住在新宿附近的緣故。新宿這個從前的郊區，已有山手線、中央線電車開通，開始變為新興繁華區了。黑光在店鋪後面蓋了個畫室，不時讓藝術家等文化人士暫住。三年後，明治天皇去世，日本改元為大正時代；所謂大正自由主義、大正摩登盛開的十多年，正是中村屋文化沙龍也最隆盛的時代。

出入中村屋沙龍的人，除了畫家、雕刻家以外，還有話劇演員、學者、出版家等。包括一八九六年起，前後四次去台灣進行原住民地區調查的人類學家鳥居龍藏、著名歷史學家津田左右吉、岩波書店創辦人岩波茂雄、飾演易卜生作品《玩偶之家》女主角娜拉的松井須磨子等，可說百花齊放。

當時黑光從三十幾到四十幾歲，陸續有了五男四女共九個孩子，因勞累過度往往不能起床。可是，她的向學心是誰都擋不住的。她跟早稻田大學的年輕哲學家桂井當之助一起學俄語，通過英譯本閱讀多部西方文學作品。不僅如此，她還邀請出入沙龍的文化界人士參與，從一九二〇年春天起，在中村屋二樓的大廳裡，定期舉行劇本朗讀會。俄羅斯的契訶夫、瑞典的史特林堡、挪威的易卜生、法國的雨果、義大利的鄧南遮等人的作品，一一被劇作家秋田雨雀翻成日文，在麵包店二樓給朗讀了。

後來，朗讀會發展成劇團，名為「先驅座」。一九二三年，中村屋麵包店上市，同時相馬家在皇居附近的平河町買下了本來屬於貴族的豪宅後搬過去。裝修過程中，黑光想到在原先的土牆倉庫裡附設個小劇場。從朗讀會發展的「先驅座」，同年四月就在倉庫劇場裡演出了秋田的作品《手榴彈》和史特林堡的《玩火》。很可惜，五個月後，關東大地震破壞了倉庫劇場。從此「先驅座」離開中村屋，其經驗則由日本第一個專門演出話劇的「築地小劇場」繼承下去。

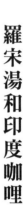

羅宋湯和印度咖哩

看看相馬黑光的自傳《默移》和評傳《新宿中村屋相馬黑光》（宇佐美承著），不能不感到意外的是，二十世紀初的日本人跟外國人的往來相當頻繁。相馬黑光讀的是教會學校，教員裡有很多美國人，讓她學會了道地的美式英語。中村屋搬到新宿以後，她熱中於俄羅斯文學，請老師教她的結果，居然也能跟俄羅斯人溝通了。

黑光剛繼承中村屋的時候，就已雇請俄羅斯籍的麵包師傅了。那是十月革命以前的沙皇時代。一九一七年十月革命以後，則有大量白俄人士逃到日本來。有一次相馬夫婦到朝鮮、中國旅行，特地去一趟哈爾濱接觸俄羅斯文化，吃到俄式生巧克力，果然跟日本的乾巧克力很不一樣。回到日本以後，馬上就請白俄糕點師傅做生巧克力來賣，結果大暢銷。除了廚師以外，黑光也通過沙龍的文化界

《新宿中村屋相馬黑光》

《默移》，封面圖是中村彝畫的「少女」俊子

愛羅先珂與魯迅

朋友，認識俄羅斯籍舞蹈家母女等。

其中最有名的不外是盲眼詩人愛羅先珂（一八九〇～一九五二）。他跟相馬夫婦的來往前後有五、六年，其間有一段時間住在中村屋後邊的畫室，叫黑光為媽咪，猶如成為其相馬家的成員一般。

愛羅先珂的名字，相信魯迅和周作人的讀者應該有印象，因為他在北京的周兄弟住宅也寄宿過一段時間。魯迅早期的短篇小說集《吶喊》裡有篇〈鴨的喜劇〉，其主人翁愛羅先珂君，原來還沒到中國之前就在日本待過的。四歲患痲疹失明的愛羅先珂，九歲上莫斯科的盲人學校，十五歲開始學世界語。這種人工語言的知識使他能夠在不同的國家跟當地人來往。他先從俄羅斯去英國的盲人學校留學，然後再轉到日本來，為的是在日本的盲人學校學習按摩的技術。

有個日本女記者，沙龍同仁之一，把愛羅先珂介紹給黑光。他善於演奏小提琴、吉他、俄式六弦琴等樂器，在黑光評傳裡就有愛羅先珂拉小提琴、黑光彈鋼琴伴奏的照片。愛君充滿才華，住在中村屋，很快就學會了日語，便開始用日語演講以及口述童話等。他在日本出版過世界語和日語的著作多本。

然而，正逢俄國革命前後，日本警方對這位在東京文化界活躍的盲眼俄羅斯人日趨警惕。黑光正義感特別強，對警察欺負無辜的愛羅先珂看不順眼。當他一九二一年終於被日本警察驅逐出境後，相馬夫婦控告了當地警察以暴力對待外國人，導致警察局長辭職。

雖然愛羅先珂走了，但是他的影響卻留了下來。首先是中村屋店員的制服，採用了愛羅先珂常穿的俄羅斯款式。一九二七年，中村屋附設喫茶部（餐廳）的時候，菜單上就有俄羅斯風味羅宋湯。後來，麵包店也開始出售俄式炸肉餅皮羅什基。

中村屋不愧為「書生麵包店」，陸續出售的外國風味可不少。去中國大陸旅行回來，黑光不僅引進了俄式生巧克力，而且也採用了在北京嚐到的月餅和肉包子、豆沙包。今天在日本，生產販賣肉包子、豆沙包的店家可不少，但是除了唐人街的商店以外，一年四季都賣豆沙餡和五仁餡兩種月餅的大概只有中村屋吧。

戀愛和革命的味道

不過，中村屋首屈一指的招牌商品倒是印度咖哩。今天在日本全國幾乎每家超市都銷售中村屋印度咖哩調理包。這當然是黑光跟印度友人學的。只是，這位印度人跟愛羅先珂不同，從一開始就是負有政治任務的，而且後來還成為中村屋的女婿。

萊斯・比哈里・鮑斯（Rash Behari Bose，一八八六～一九四五）是印度獨立運動家，長期被宗主國英國政府通緝。相馬愛藏和黑光，早年信仰基督教，頻頻參與社會運動，他們的世界主義和人道主義可說是根深蒂固的。再加上黑光精通外語，正義感特別強，願意積極幫助面對困難的外國人。黑光中年後因身體經常不適，開始參加靜坐會，逐漸傾向於佛教等東方思想。她也通過靜坐老師認識到國家主義團體玄洋社的領袖頭山滿。

當時在日本支援印度獨立運動的，就是頭山等國家主義者。策

穿印度服的黑光和俊子

劃推翻清朝的孫中山也曾獲得頭山的支援。相比之下，黑光並沒有特定的政治思想，而是根據自己強烈的正義感，受不了建制欺負弱勢人士而已。於是她叫鮑斯等人躲在麵包店後面的畫室，當他們搬到別處藏匿後，派大女兒俊子去照顧他們。

即使她後來嫁給鮑斯，也不是自發的，而是頭山滿為了政治運動的方便，透過母親相馬黑光，叫俊子在一定的程度上犧牲了幸福安穩的人生。

俊子是相馬夫婦剛結婚不久，一八九八年在長野縣出生的第一個孩子。當愛藏和黑光離開家鄉去東京的時候，相馬家要求把俊子留下來。結果，她直到十五歲都跟父母分開，在山區的親戚家長大。到了東京以後，俊子上母親黑光指定的教會學校，結果英文能力突出。不過，在感情生活方面，有黑光那麼與眾不同的母親，俊子的經歷跟大多數人非常不一樣。

當俊子到東京的時候，中村屋畫室裡住著畫家中村彝（一八八七～一九二四）。今天收藏在國立近代美術館的愛羅先珂像就是他畫的。跟沙龍很多成員一樣，他也暗戀著黑光，但她是有夫之婦。結果，中村彝的視線轉到俊子身上去，請她當模特兒，畫過半身和全身的裸體像。然後中村進一步向相馬夫婦提出要跟俊子結婚。然而，中村彝有肺病，在沒有抗生素的年代被視為絕症，黑光斷然拒絕他。中村忘不了俊子，於是策劃跟她私奔。俊子夾在母親黑光和中村彝中間，只能選擇母親黑光。

中村彝離開了麵包店後面的畫室以後，鮑斯等印度獨立運動分子才住進那裡。把通緝犯藏匿起來，搞不好自己都會受累，所以不能叫麵包店的工作人員當跑腿。何況印度客人當初也不會日語。既是相馬家人，又會英語，性格大膽且乖巧的俊子，被頭山滿視為理想的協助者。黑光尊敬頭山滿，也理解他的意圖，但也可憐親生女兒俊子。最後的決定是由俊子自己做的。

嫁給外國通緝犯，不能公開舉行婚禮。曾經黑光嫁進相馬家的時候，因為娘家經濟窘迫，沒法帶嫁妝去。這回俊子跟鮑斯結婚，雖然家裡相當富裕，但是由於政治原因，還是不能準備豪華的嫁妝。後來，兩人生下了一男一女兩個孩子，夫婦關係很和睦，鮑斯為長期在日本留下來，辦了入籍手續。可好事多磨，俊子二十六歲得了感冒併發肺炎，年紀輕輕就去世。後來，黑光把俊子的兩個遺子接過來養大。在一九二七年開張的中村屋喫茶部，鮑斯傳授的印度咖哩深受日本顧客歡迎，而且他跟中村屋長女結婚的故事也廣泛被傳出去，甚至有了「戀愛和革命的味道：中村屋咖哩」的說法。後來普及日本全國的油炸咖哩麵包也是發源自中村屋的。

是否幸福？

黑光生下了總共九個孩子，應該是當年避孕知識沒有普及的情況下，任其自然的結果。不過，她從來沒有一天當過專職母親，一直以來除了管理越來越大的中村屋，同時也忙於文化沙龍的活動。再加上熱中於學俄語、讀英文書，偶爾也單獨跟沙龍的年輕文人去旅遊。丈夫愛藏是特別寬容的丈夫。她的孩子們只好默默忍受，俊子就是其中之一。

如果母親不是相馬黑光，俊子不可能跟印度通緝犯結婚。結果她不長的人生過得幸不幸福別人無法判斷。但是，黑光膝下至少還有兩個孩子，其命運大受黑光的影響。

首先是她的四男文雄，因為學校成績不大可觀，黑光把他送進訓練海外移民的學校，並給他在巴西買了一大塊土地，十七歲就送去南美洲了。兩年以後，黑光收到文雄在亞馬遜染上瘧疾喪命的消息。最後一名則是五男虎雄。他跟四哥相反，頭腦清晰，性格極端，由於跟母親黑光有幾分相似，所以反抗叛逆都來得加倍強烈。他還在讀早稻田中學時就投入左派運動，後來被退學，給警察抓到，在牢裡待了一年半，出獄後跟相馬家的女傭人私奔。

相馬黑光管理的中村屋，在自由主義盛開的大正時代最繁榮。一九二三（大正十二）年發生了關東大地震以後，黑光的身體狀況時常不佳，世界經濟也不景氣，日本政壇則逐漸瀰漫軍國主義。第二次世界大戰末期，日本首都東京重複遭受美軍空襲，新宿中村屋也給燒盡。戰後私有地又被非法分子占住，最後通過官司才要回來。

再見中村屋咖啡店！

可靠的新宿地標

我印象中的新宿從一九七〇年代中開始，當年大概是在大正時代之後，新宿的第二個全盛期吧。從新宿車站東口走出去，左邊賣大碼女鞋的華盛頓鞋店隔壁有附設劇場的紀伊國屋書店，右邊是高野水果店和中村屋麵包店。高野水果店消費水準很高，還好有中村屋，除了賣麵包、西點以外，在不同的樓層有咖啡店、便餐店等等，去喝咖啡也好，吃印度咖哩也好，很方便自在。跟朋友在紀伊國屋書店外面的手扶梯下見面後，就過馬路去中村屋聊天，是多年來固定的動線。對一九八〇年代的東京大學生而言，它是很可靠的

二〇一三年的中村屋

新宿地標之一。我後來成為海外浪子後，每次回國都一定去紀伊國屋書店和中村屋。

我在二〇〇六年問世的《東京迷上車：從橙色中央線出發》裡，有自己拍的中村屋照片。中午前後在店外擺攤子賣著「傳統的咖哩炸麵包」。那就是愛羅先珂的皮羅什基和鮑斯的印度咖哩在黑光腦裡交叉後誕生的。

然後，轉眼之間十多年過去。二〇一〇年以後，偶爾經過中村屋，注意到大樓在改建中。二〇一四年新的新宿中村屋大樓竣工，未料一樓店面有了美國的名牌皮包店。仔細看各樓層有什麼，結果從地下二樓到地上八樓總共十層中，中村屋直接經營的只有地下一樓的西點店、二樓的便餐店和地上八樓的西餐廳，以及三樓的美術館。想嚐嚐「戀愛和革命的味道：中村屋咖哩」的話，在地下二樓和地上八樓能吃到。在地下一樓則能買到發源自中村屋的奶油麵包和皮羅什基。在三樓的中村屋沙龍美術館裡，能看到荻原守衛的作品〈女人〉。

麵包屋文化沙龍

消失的是我曾跟朋友們談天的咖啡店。

中村屋從來不是專門經營咖啡店的。它首先是麵包店，後來在喫茶部提供印度咖哩受到歡迎。沒錯，咖啡店只不過是附設的、多餘的。但凡是知道文化這個詞的人，該都明白咖啡店並不是來消費的地方，而是會產生文化價值的地方。相馬黑光的文化沙龍，雖然在第二次世界大戰以前就消失，但是它的精神還多多少少保留到二〇一〇年左右。我花了好幾年時間，才算搞懂到底消失的是什麼。

誰說日本女人只會服侍男人？知不知道新宿中村屋曾有過相馬黑光其人？她是沒落武士家族的女兒，讀英國的田園詩歌嫁到日本山區，沒有嫁妝卻有風琴和油畫，對當地少年的影響大到人家去歐美留學而成為日本第一位西式雕刻家。受不了山區生活跟丈夫來到東京，開辦了「書生麵包店」以後，一方面經營生意，另一

漫畫書《有如向光的花》封面

方面生育九個孩子，還繼續學外語，照顧包括外國人在內的年輕藝術家，給文化人士提供能自由互動的沙龍，甚至設立小劇場演出話劇。

今天的新宿中村屋已經翻身為在自家工廠生產多種食品，通過全國各地的商店銷售，同時經營西式簡餐店的綜合食品商社。作為企業，它仍舊健在，可以說是隨著時代的潮流變化而生存下來了。不過，大約一百年以前曾興盛一時的麵包屋文化沙龍，則已經變成關於新宿這個繁華區的一則傳說。雖然今天知道相馬黑光的日本人沒有很多，但是她的生涯太充滿傳奇了，結果每段時間總會出現新一代的黑光迷。二〇二一年開始發表以她為主角的系列漫畫《有如向光的花》的作者也應該是其中之一。

啟蒙的散步

早大校友的電影啟蒙之地

每逢那樣的時刻，我都像夢遊者一般地走進這一家「名畫座」，一躲就躲上大半天；畢竟，連續看兩部片得花上四個小時，比上兩堂課的時間還要長。就那樣，我在這兒看了一些歐美經典片。

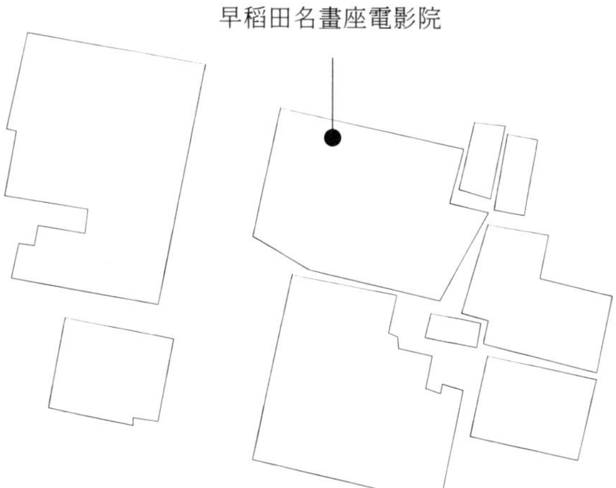
早稻田名畫座電影院

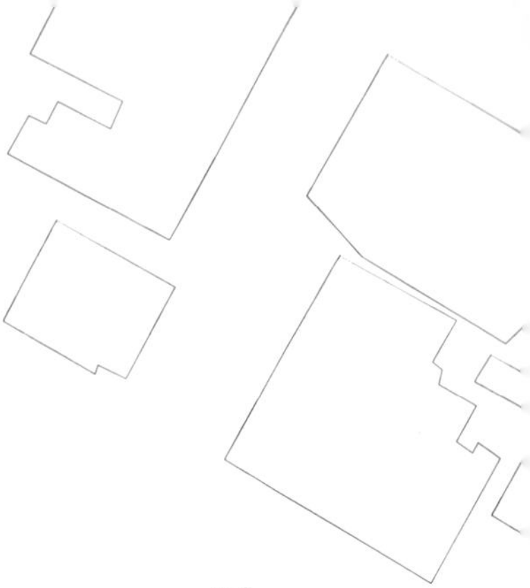

早稻田名畫座電影院

日本的電影院從前有「第一輪館」（Roadshow）和「第二輪館」（名畫座）之別。前者一般是大規模劇院，例如當年位於銀座一丁目，以曲面大銀幕出名的Theatre TOKYO，座位超過一千個，專門放映最新作品。大劇院給人印象頗氣派，果然適合情人們下班以後約會去，或者小家庭週末節日舉家去，爸爸媽媽讓小孩子們高高興興。至於「第二輪館」則是規模中等，座位少到兩三百，基本放映老作品的。名畫座的優勢在於從早到晚輪流放映兩部片，買一張票進去，整天待著都無所謂，直到最後一場結束之前，沒有人來趕你走。

早稻田松竹 1

早大同學的驕傲

我讀大學的日子裡，東京有三家著名的名畫座：飯田橋GINREI Hall、池袋文藝座，以及早稻田松竹。

在高田馬場車站下電車以後，往東邊早稻田大學方向走五分鐘，路右邊就看到早稻田松竹電影院。通往大學的大馬路叫早稻田通，到了這一帶稍呈上坡，結果使得前方能看到的明治通，雖然實際上只有一、兩百公尺遠而已，卻有時顯得好遙遠，尤其在沒預習好當天課業之際。每逢那樣的時刻，我都像夢遊者一般地走進這一家名畫座，一躲就躲上大半天；畢竟，連續看兩部片得花上四個小時，比上兩堂課的時間還要長。就那樣，我在這兒看了一些歐美經典片，如勞勃·狄尼洛主演的《計程車司機》（一九七六年）、文·溫德斯導演拍的《巴黎，德州》（一九八四年）。

一九九三年，發源於美國的「影城」（cineplex）也打入日本市場來，導致各家大劇院紛紛演變成多數小銀幕的模式。另一方面，一九八〇年代開始，各地也出現了專門放映獨立藝術片、外國佳作的「迷你劇場」。

一九八一年在新宿歌舞伎町開幕的「電影廣場東急」（Cinema Square Tokyu）一般認為是日本「迷你劇場」的先驅。我在那兒看的蘇聯女性電影《莫斯科不相信眼淚》（一九七九年）曾經很長一段時間是畢生至愛。陳凱歌的出道作品《黃土地》（一九八四年）也是在那兒領先放映的。記得「電影廣場」擺的兩百多把椅子是法國進口的高級貨，坐起來很舒服，而且不同於傳統劇院，禁止在裡面吃東西。都是為了讓觀眾集中精神欣賞好電影。只可惜，理想主義的「電影廣場」最後抵不過「影城」的勢頭，二〇一四年就關門了。

考慮到如此這般變化多多的時代風潮，屬於我大學時代記憶的早稻田松竹竟跨越千禧年，不僅仍在營業，而且於疫情下還吸引多數電影粉絲，簡直是奇蹟似的成就。這家戲院一九五一年開張，當初是娛樂界大公司松竹直接經營的「第一輪館」。一九七五年變成了名畫座後，開始以兩部一套的方式，有系統地介紹外國的優秀作品，逐漸成為了早大同學對世界電影的啟蒙之地。一樣討人喜歡的是當年四百日圓一張的廉價門票，而且讓人一天內自由地出入。那樣子，電影院變成了家裡的客廳一樣：先看一部片後去上課，下了課再回來看第二部影片等。早稻田不愧為大學區，不僅有很多舊書店、咖啡館，而且有早稻田松竹這樣對窮學生友好的電影院，真叫早大同學們驕傲，也叫很多小規模大學的同學們羨慕。

所以，二〇〇二年早稻田松竹暫時休業的消息一傳出去，就嚇壞了各年代的老粉絲：沒有了在早稻田的家可怎麼辦？還好學弟學妹們馬上展開了「早稻田松竹復活項目」運動，給院方提供年輕一代的想法、興趣等等，成功地幫它生存下來了。

世代片單

相隔三十年，我重訪老名畫座是正念大學的女兒帶我來的。疫

早稻田松竹 2

早稻田松竹 3

情之下跟朋友聚餐聊天都不方便，若要出去，最好跟家人一起。於是輪到我陪她看兩部韓國電影。回想我的大學時代，在這裡看過的似乎都是歐美電影。諸如「電影廣場東急」的迷你劇場，雖然放映蘇聯、中國的影片，但是當時始終沒有聽說過韓國也有電影呢。

俗話說，三十年河東三十年河西，說得太對了。疫情第二年二月最後一週的早稻田松竹以兩部韓國電影吸引眾多觀眾。十點鐘開映的第一場《82年生的金智英》，九點二十分開始出售門票；當我們九點半抵達時，戲院外已有七十餘人排隊。這家的座位本來有一百五十三個，可是為了防疫要保持人際距離，只開放一半座位的結果，入場人數要限制在七十六人以下。我們的排號竟然是第七十二和第七十三呢，多險！

看完《82年生的金智英》已經是中午了。在第二部《蜂鳥》開始之前，有十五分鐘休息時間。我們去附近的便利商店買三明治和飲料，帶到二樓內用區，匆匆吃完後趕回劇院去。

兩部電影都引起觀眾中的年輕日本女性們哭泣。都是我們這一代也經歷過的種種性歧視所造成的委屈，如今還在叫年輕一代難過，日本社會真有必要改進了。同時，被女兒帶回老地方來，對我來說很可喜。有點像收到了養育帶她長大的回報。老劇院撐下來很棒。女兒長大很棒。人生還是很棒。

藝術的散步

「美術館」發祥地：上野公園的故事

雖然從小去過不少次上野公園，但是對它有一種捉摸不住其本質的疏遠感。德川家的菩提寺和近代以後陸續設立的好幾座博物館、美術館向來鄰接存在，應該是原因之一。不過，進一步可以說，敵我難辨似乎就是此地的基本性格。

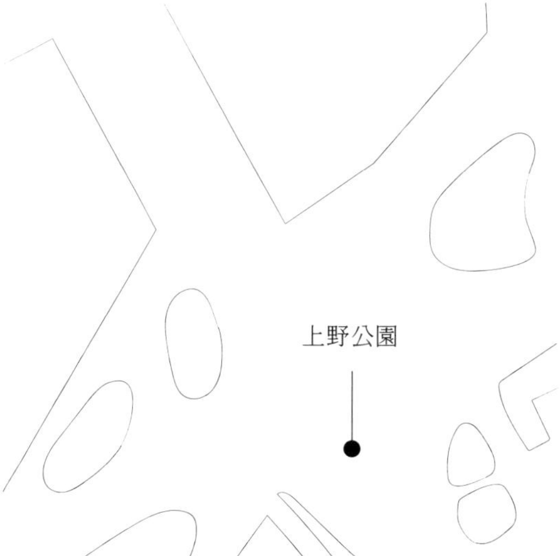
上野公園

「美術」的誕生

說起來都有些不可思議，今天在日語和漢語中都常用「美術」一詞，其實是在一八七二年才誕生的。

「美術」中的「美」字和「術」字，都有追溯到公元前幾百年的歷史。繪畫、雕塑作品本身，更有可能追溯到幾萬年以前人類還住在洞穴裡的時候。一八七二年以前沒有存在的是源自西方的「美術」這個概念。當時，日本明治維新後不久，中國還在清朝末期。西方來的新概念，很多都先在日本被探討、摸索之後，才用漢字翻譯過來，然後再傳播到東亞各地去。

「美術」這個名詞誕生的一八七二年，其實也是日本第一座博物館開幕的一年。而日本第一座博物館，又是日本最早一次的博覽會催生的。說得準確一點，當時博物館和博覽會是同一回事，而且「美術」一詞可以說是它的孩子。

這話怎麼說呢？

湯島博覽會

十九世紀後半的歐美各國，非常時興辦博覽會。剛成立不久的日本明治政府也收到邀請函，要參加一八七三年（明治六年）在奧地利首都維也納舉行的世界博覽會。可是，日本到底有什麼好東西，可送到歐洲去給洋人看呢？

為此明治政府文部省博物局呼籲全國各縣，要交出當地的名品、珍物來。把各地來的種種貴重物品擺在玻璃做的櫃子中，給首都東京的大眾鑑賞的活動，就是日本歷史上頭一次的博覽會了。並且用場地的名稱來表示，一般稱之為湯島聖堂博覽會（亦稱文部省博覽會）。今天仍舊在JR御茶之水車站對面的湯島聖堂，曾是德川幕府給所屬武士開辦的學校昌平黌，也就是江戶孔廟的所在地。聖堂裡，今天還有孔子像。

從一八七二年（明治五年）三月十日到四月二十九日，昌平黌改名為湯島聖堂的大成殿內，陳列出全國各地送來的繪畫、書法作品、珊瑚裝飾、金工、動物剝製標本、染織品、漆器、陶器、樂器，還有水槽裡懶懶地呼吸的大娃娃魚等等，總共七百九十八件珍品，開放給一般民眾來參觀。日本歷史上頭一次的博覽會，果然轟動了剛剛代替京都而成為新首都的東京；每天平均有三千名觀眾入場，展覽期間的觀眾總數多達十九萬人次。

「博覽會」和「博物館」都有「博」字並不是巧合，兩者均是明治初年，由日本政府文部省「博物局」推動的近代化項目。當局一方面把博覽會當作啟蒙國民的教育機會，另一方面則當作從全國寄來的眾多珍物中，尋找合乎西方消費者口味物品的商業機會。維也納博覽會後來果真起了給西方商人介紹陶器、漆器等日本傳統工

東京國立博物館

藝品的宣傳作用。

當初收集展覽品的時候，除了準備送去參加維也納博覽會以外，也打算在東京設立一個永久性的展覽場地，即博物館，因而要求各地方政府盡可能每一樣物品送兩件來。就因為如此，今天位於東京上野公園內的東京國立博物館，就以湯島博覽會開幕的日期為該館的創立紀念日。

「美術」一詞，則是把湯島博覽會上陳列的各種物品，分類送去維也納的時候，為了做好展品目錄，從德文Schöne Künste翻譯過來而誕生的。

從博覽會到博物館

從一八七七年到一九〇三年，日本政府主辦了總共五次的「內國勸業博覽會」，可以說是還沒有能力舉辦世界博覽會之前，先在日本國內排練，也趁機促進一下日本不同地方之間的商業交易。其中，前三次的場地都是東京上野公園。

第一次「內國勸業博覽會」的主要會場是紅色磚頭蓋的西式樓房「美術館」，那是日本歷史上第一個叫做「美術館」的建築物。一八八一年（明治十四年）第二次博覽會的主會場則是工部大學校（現東京大學工學部）英籍教授康德（Josiah Conder）設計的兩層樓附帶兩個圓形屋頂的紅磚頭洋樓。博覽會結束以後，那棟洋樓就翻身為東京國立博物館的主樓。最初集合在湯島聖堂的收藏品，這個時候都運進上野的博物館來了。

講回一八七二年（明治五年）的湯島聖堂，緊跟著春天的博覽會，八月份就在同地開辦了書籍館。那是收藏舊幕府藏書的圖書館，擁有一萬三千部、十多萬冊書，一開門就開始了對外借書服務。當博物館搬去上野的時候，書籍館也一起搬過去了。

今天的上野公園，除了國立博物館以外，最出名的設施是飼養大貓熊的上野動物園，乃一八八二年（明治十五年），在明治天皇光臨下舉行開館典禮的。可見，早期的博物館不僅跟博覽會同根，而且是包括圖書館、動物園等的綜合文化教育組織。七年後的一八八九年，日本政府進行機關改組，博物館變成宮內廳所管轄，因而改名為東京帝國博物館，同時也在奈良和京都，即日本的兩個古都，都設立了各一座帝國博物館。同時，有關博覽會的事務則從博物局轉移到農商務省去了。此後，博物館專門注重學術研究和教育，博覽會注重振興國內和國際的經濟活動，兩者的目的和任務才分別開來。

敵我難辨的藝術之山①

日本第一座西式公園

今天在上野公園裡，除了國立博物館和動物園以外，還有以恐龍骨頭和鯨魚模型著名的國立科學博物館、勒・柯比意設計的場館被列入世界文化遺產的國立西洋美術館、東京各校兒童的優秀繪畫作品被掛起來展覽的東京都美術館，還有上野之森美術館以及常舉行大型西方音樂會、歌舞劇演出的東京文化會館。東京藝術大學的美術系和音樂系以及附中的校園也都在隔壁。這麼多有關藝術的設施集中的地方，不僅在東京而且在日本全國都只有一座上野公園而已。

具有諷刺意義的是，那並非明治政府一開始的想法。

明治初年的上野台地是剛打過戊辰戰爭（一八六八到六九年）的舊戰場。維護德川幕府的舊勢力和新政府勢力，就在這兒衝突以後，原先著名的景點上野山淪落為廢墟了。取得勝利的新政府方面，本想在這兒建設近代式醫院。然而，當顧問的荷蘭籍醫生卻建議修建個公園。當年還不清楚「美術」為何物的日本人，一樣不知道「公園」為何物。儘管如此，對當時的日本來說，凡事學習西方列強而被承認為第一等國家是最重要的課題。於是一八七六年（明治九年），日本第一座西式公園就在上野台地上開園了。

江戶城裡的對角線

上野之所以成為戰場，是因為這裡在江戶時代有德川家的菩提所寬永寺。十七世紀初，德川家康剛成立江戶幕府的時候，跟德川家關係密切的和尚天海說：上野位於江戶城東北方，也就是「鬼門」，非得在此地建立寺廟來祈禱江戶城的安全不可。於是設立的東叡山寬永寺，後來也祭祀了德川家歷代共十五位將軍中的六位。至於其他九位，則祭祀在江戶城西南角的增上寺。在兩個寺廟之間拉了一條線，便形成橫斷江戶城領空的對角線。

東叡山的名字取自京都東北方，佛教天台宗的聖地比叡山；至於上野台地腳下，蓮花繁茂的不忍池，則被比成位於比叡山下全日本最大的湖泊——琵琶湖。

自從江戶時代中期開始，上野山寬永寺的境內成了春天櫻花盛開之際，庶民去賞花遊覽的人氣景點。同時，因為寬永寺的地位高人一等，第三代以後的住持都破例由天皇的親生兒子或義子擔當。一八六七年，即明治維新的前一年，任職的最後一代住持，就是後來在甲午到乙未（一八九四到九五年）的爭亂中，帶領大日本帝國軍隊去從清廷手中接收台灣，爭亂中病死後被祭祀於台灣神社的北白川宮能久親王其人。

翌年一八六八年，以明治天皇為代表的新政府派（後來被稱為

「官軍」）和德川幕府派（同「賊軍」）打起來了。位於上野的東叡山寬永寺跟德川將軍家的關係歷來密切；能久親王雖然本身是天皇之子，卻由於擔任寬永寺住持，此時成為幕府派的一分子。在一八六八年七月四日的上野戰爭中，官軍攻下了寬永寺。

後來，能久親王經過一段時間的禁閉，被新政府派遣去普魯士留學，在陸軍大學校研究軍事。那期間他跟當地的貴族寡婦相好至訂親，然而這樁婚事未能取得日本政府的同意，於是匆匆結束留學後，他又得回到京都老家禁閉一陣子了。一八九五年，北白川宮能久親王受命擔任近衛師團團長，並出征台灣，五個月後因感染瘧疾在台南喪命，享年四十八。

敵我難辨的藝術之山②

戊辰戰爭後的上野山，雖然被破壞成廢墟，但是寬永寺並沒有因此而完全消滅。當新政府開始在這兒建設西式公園的時候，只是叫寬永寺縮小其規模到原來面積的幾分之一。結果，一百五十多年後的今天，上野公園裡外仍存在著寬永寺、觀音堂、上野東照宮、上野大佛、花園稻荷神社等等歷史追溯到江戶時代德川幕府治下的宗教設施，跟眾多明治時代以後建設的文教藝術設施相重疊。

我雖然從小去過不少次上野公園，但是對它有一種捉摸不住其本質的疏遠感。德川家的菩提寺和近代以後陸續設立的好幾座博物館、美術館向來鄰接存在，應該是原因之一。不過，進一步可以

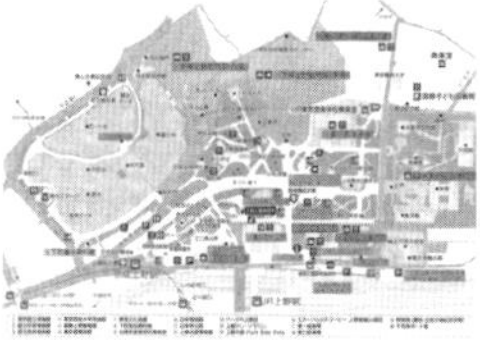
上野公園地圖

寬永寺（東叡山全景）

說，敵我難辨似乎就是此地的基本性格。

比如說，公園一角有彰義隊墓地，至今仍有人來獻花。彰義隊是德川第十五代將軍慶喜的警衛軍。當江戶城陷落，主人慶喜回去水戶老家以後，失去了主人的彰義隊卻不肯解散，還堅持留守在上野山。最後，被新政府軍用西方先進武器打下來，二百六十六名隊員在此喪命。

偏愛失敗者？

另外，離彰義隊墓地不遠的地方，站著從江戶時代末期到明治初年頗有名氣也滿受老百姓支持的西鄉隆盛銅像。西鄉最初是出身於薩摩藩（現鹿兒島縣）的下級武士，在明治維新的爭亂中，作為新政府勢力（官軍）的代表人物之一，成功導致了江戶的無血開城。然而，他跟新政府內的長州（現山口縣）幫逐漸對立起來，在一八七七年（明治十年）的西南戰爭中，成為了以舊武士階層為主的叛亂軍頭目，也就是朝敵、逆賊，被政府軍鎮壓之後自盡了。正因為如此，直到今天，專門祭祀為國家奉獻生命的烈士英靈的靖國神社裡，沒有西鄉隆盛的名字。

反之，在上野公園一角，卻有聞名於世的雕刻家高村光雲製作的，高達三米七的西鄉隆盛像。據說，這是西鄉死後，獲得特赦之際，日本全國的薩摩同鄉們發起了建立銅像計畫，果然一共有兩萬五千人捐款，才順利建好的。不僅如此，明治天皇還追贈他正三位，乃陸軍大將的品秩，相信歸功於西鄉在建立明治政權中的貢獻以及令人懷念的可愛人格。在上野公園裡獲得了永恆生命的西鄉隆盛，雖然左腰佩著日本刀，但是穿著便服而不是陸軍大將的制服，右手還牽著一隻狗，顯然是私人生活的寫照，並沒有表現出英雄的氣概來。儘管如此，來自日本各地的遊客們，都特別喜歡到這裡來打打卡，拍拍照。

上野公園裡的西鄉隆盛銅像，其名氣之大與人氣之高，在整個

國立西洋美術館

上野公園中，恐怕僅次於大貓熊了。此間男女老少都習慣性地叫它為「西鄉桑」，好比他是遠親老爺似的。

日本人向來偏愛失敗者，可能就因為如此，上野台地上充滿著敵我難辨的、各門路的歷史遺物。「西鄉桑」的日語發音是「Saigo-san」，跟數字組合「3153」是諧音。近年在「西鄉桑」銅像隔壁，於上野火車站對面的台地邊緣位置上，一棟叫做「UENO 3153」的餐廳大樓開張，確實令人容易記住所在地。

柯比意的國立西洋美術館

敵我難辨，也可以在國立西洋美術館的成立過程中看到。

以印象派畫家莫內的〈睡蓮〉、著名雕刻家羅丹的〈沉思者〉等近代西洋美術佳作而聞名的美術館，是以曾任川崎造船所社長的松方幸次郎投入巨款收集的「松方收藏品」為基礎。從一九一〇年代到二〇年代，松方在英法德等歐洲國家買下了總共一萬多件美術品。其中有八千件是原先被賣去歐洲的浮世繪，也有三千件西洋美術家的作品。

他本來計畫要在日本成立私人美術館。然而，在大蕭條中，川崎造船所面對倒閉危機，松方個人也得獻出家產了。結果，大量的「松方收藏品」被賣的被賣、被捐的被捐；如今收藏於東京國立博物館的浮世繪，很多都是當年從「松方收藏品」轉移過去的。另外也有一千多件作品留在英國、法國。在英國的部分，則於第二次世界大戰中的一九三九年，因空襲而燒毀。在法國的約四百件，早期保管在羅丹美術館，但是二戰爆發後，就作為敵國財產被法國政府沒收了。

戰後，通過日法兩國政府的協商，一九五九年，法國政府最後同意把「松方收藏品」中的三百七十餘件還給日本，但是提出條件是：應該把那些作品在美術館裡展覽出來，給日本民眾有欣賞卓越西洋美術的機會。法國政府也堅持：為了展覽這些傑作，非建設全新的美術館不可。

至於新美術館的建設地點，上野公園裡原附屬寬永寺的凌雲院舊址被選上。至於總設計師，則由法國著名的近代主義建築大師勒・柯比意擔當。他訪問日本，畫出了概念圖以後，由他的日本弟子前川國男、坂倉準三等人實地設計並監督施工。全新的國立西洋美術館一九五九年三月竣工。同年四月，當時的法國總統戴高樂，親手簽名批准把原先屬於松方收藏品的西洋美術佳作「贈送歸還」於日本。之後，趕緊用輪船淺間丸運到日本，六月份順利舉行了開館典禮。

健忘的日本人甚少談到，今天在國立西洋美術館的許多作品，原來是由法國政府「贈送歸還」的。更少有人談到，那些國寶級的傑作，最初是為何遭法國政府沒收的。

重新獲得注目——柳美里的《ＪＲ上野站公園口》

大約從一九九五年到二〇〇〇年左右吧，韓裔日本小說家柳美里在文壇上非常活躍。她最初寫劇本贏得了岸田國士戲曲賞，後來寫小說也獲得了芥川龍之介賞。她在好幾個媒體上連載小說和散文，也當電台節目主持人等。總而言之，是當時很有名氣的年輕作家。

然後，她以自身經歷為題材的《命》《魂》《生》《聲》四部曲問世，內容包括婚外情、背叛、虐待等等，按照一般社會常識是上不了檯面的事情。她文筆真好，煽情的包裝有可能是商業主義的出版社為了推銷而故意做的。儘管如此，好比吃了太多油膩菜餚似的，我自己就對她的作品失去了胃口。在主流媒體上看到她名字的

《JR上野站公園口》封面

機會忽然間減少了。

然後，二〇二〇年，突如其來的一則大新聞是：柳美里得到了美國地位很高的美國國家圖書獎。得獎作品就叫做《JR上野站公園口》。

於是相隔十多年，再一次看柳美里寫的書了。她寫得還是特別好。這本小說的主人翁從日本東北的福島縣來東京打工。他年輕時把家人留在老家，單槍匹馬出來做土木工掙錢，可是長年分開的生活，拉開了他和兩個孩子之間的關係。退休以後，禍不單行，老伴早逝，寶貝兒子也不在世了。為免給外孫女添麻煩，他又一次自個兒到東京來，可這回身體上和精神上都已經沒力氣做工，只好在上野公園裡跟其他街友一起消耗留下來的生命。

這部寫在福島核災後的小說，主題為日本國內的階級落差。小說主人翁跟平成天皇明仁同一年出生。他兒子則跟現任德仁天皇是同一天，即一九六〇年二月二十三日出生的。可是兩對父子走的人生道路完全不一樣。

主人翁一家人是日本東北偏鄉的基層老百姓，其祖先也是因為生計不易，從日本海邊富山縣移民過來的。第二次世界大戰以後，日本經濟高速發達的一九五〇、六〇年代，從東北來首都東京的土木工人們賣力氣建設了華麗大都市。

他們來東京時，長途列車的終點站是位於東京東北角的上野。結果，上野也是東京境內最多聽到東北口音，聞到體力工汗味的地方了。日本二十世紀末曾有短暫的泡沫經濟時期，當年上野公園每週末聚集人山人海的伊朗移工，當時手機還沒有普及，因而也吸引了賣給他們偽造電話卡的黑社會分子。再過了十年後的二〇一一年，三一一大地震、福島發生了大核災。那時，後知後覺的很多日本人才第一次意識到：東京的發達，其實是踩在東北人受苦之上的。

另一張上野公園地圖

柳美里寫的《ＪＲ上野站公園口》結構很簡單，從頭到尾由主人翁回憶講述自己走過來的人生道路。他的故事讀來並沒有意外的地方，反而都是我們重複聽過的故事。但是，那些不幸、倒楣、不公平的故事，不單一直沒有改善過來，而且進入二十一世紀以後，跟另一端的差距還越來越大越遠。這種現象如今在世界很多地方都發生，造成嚴重的社會政治問題，所以柳美里用淡然的文筆講述的悲劇才打動美國讀者、評委的心。

在小說中，每次有皇族成員來上野參觀博物館、美術館的時候，警察都叫街友們把所有家產都拿到一處安置後暫時離開上野公園，為的是不允許他們的存在被皇族成員看見。這項例行公事，官方叫做「特別清掃」，街友俗稱「山狩り」（清鄉）。一天過後回來，他們往往發現，原來設紙箱屋的地方被橫拉了布條表明：閒人勿入。就這樣，他們連屋外睡的地方都被奪取。小說主人公對這世界徹底絕望，一來在他家鄉發生的大地震，連他屋子帶年紀輕輕的外孫女都一起給吞掉；二來在下雨寒冷的冬日，為了「特別清掃」，他從常住地上野公園被踢了出去。

上野公園的正式名稱是上野「恩賜」公園。大日本帝國時代，曾經一時屬於天皇的公園，後來成為自然災害等發生時老百姓來避難的地方，因此才讓給東京都政府所有，改名為上野「恩賜」公園的。如今每逢皇室成員來參觀的時候，管理公園的東京都政府把街友們變得看不見的做法，簡直可以說跟「恩賜」公園的本意正相反，似乎嚴重地弄錯了敵我。

東京上野公園一方面是日本藝術文化的殿堂最集中的地方；另一方面，這兒也是社會落差最殘酷地暴露的地方。柳美里小說《JR上野站公園口》描述的，亦可說是另一張的上野地圖。從住在紙皮箱屋子的街友角度看動物園、「西鄉桑」、上野大佛、來遊覽的中年主婦們，以及坐在防彈車內向民眾揮手的天皇、皇后……

韓裔作家柳美里，由於日本社會的民族歧視，被迫長期生活在多重邊緣上，結果把日本這個國家所內含的深刻矛盾看得特別透澈。拿針對街友的清潔活動稱為「特別清掃」，心底下無非視他們為汙點所致，而且這項行動又要在日本國憲法第一章第一條定義為

「國民統合之象徵」的天皇名義下施行。小說主人翁最後像是被冷酷的社會判了死刑一般。住過東京的人都該知道：在這兒電車誤點的最常見原因，就是對社會絕望的人跳下鐵路軌道。

看展覽的散步

日本國立近代美術館

在不僅舉辦展覽會而且收藏作品的美術館中，每一期在展覽廳裡能擺出來的作品數目當然有限，一般人不能進去的「後院」（backyard）才是真正的寶山。另外就是幕後工作的專業策展人，有他們在，我們才能梳理明白各作品的魅力所在。

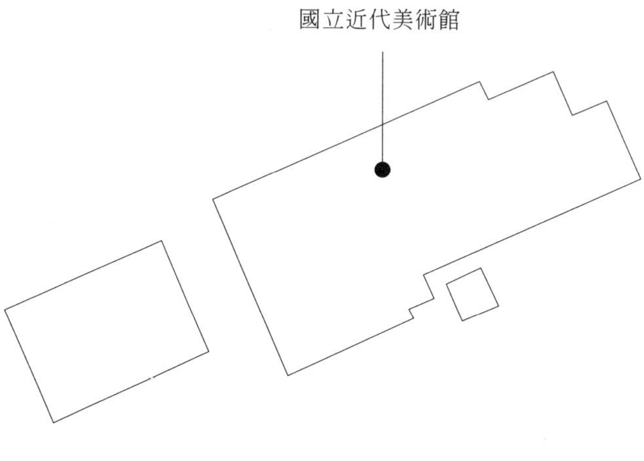
國立近代美術館

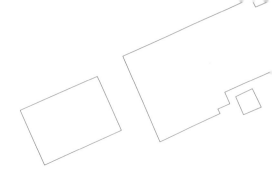

東京人的最愛：國立近代美術館

我幾個朋友都說：最愛「近美」（Kinbi)。

「近美」是國立近代美術館的簡稱，亦可說是暱稱吧。東京眾多的博物館、美術館中有暱稱的，除了這「近美」以外，好像就只有老大「東博」（東京國立博物館，Tohaku）了。可見它在東京人心目中的地位多特別。

它的魅力是好幾層的。

首先，「近美」的位置特別好。從地鐵東西線竹橋站的1b出口走出來，正對面是綠色洋溢的皇居和古老的石牆，若逢春天又處處都是櫻花，美極了。我總是禁不住在那兒站著發呆片刻，然後才沿著城河，走過一條路和一座橋，再爬上一點坡道，右邊就看到美術館了。

一樓售票處外有個小廣場，旁邊停著一輛廚房車，白天賣冰淇淋，晚上賣啤酒，若在冬天有時還賣「甘酒」（江米酒），好讓人期待：等一下看完了展覽，在這兒喝一杯休息也可以吧？這夠稱得上是「近美」的第二個魅力了。何況它還有出售多種獨家禮品的小商店（museum shop），以及著名廚師三國清三監製的法國餐廳L'ART ET MIKUNI，每天午間和晚間都提供精緻的套餐。於是，來到「近美」，除了鑑賞美術以外，還能享受飲食和買東西的樂趣呢。

話是這麼說，「近美」最大的魅力，無疑在於它雄厚的藏品和豐富多彩的展覽會。一樓畫廊舉行的企劃展，每一期以不同的主題展出各類作品；每一年總共推出三、四個展覽會。

從二樓到四樓的所謂常設展，其實每個季節也換一部分內容。因為「近美」擁有日本以及外國的美術品和有關資料多達一萬三千件，所以能夠輕鬆擺出各種不同的小主題展來。光是日本政府指定的重要文化財（文物）就有十五件。於是，每一次去「近美」，即使避開一樓長排人龍的企劃展，而專門參觀人數較少的常設展，也能看到不一樣的作品。

比方說，分次鑑賞同一個作者的不同作品就別有樂趣。

例如：岸田劉生（一八九一～一九二九）畫了女兒的〈麗子像〉，有她五歲、六歲、做功課、彈三弦等不同版本，頗有意思。

又例如：梅原龍三郎（一八八八～一九八六）畫的〈北京秋天〉〈長安街〉〈姑娘〉等取材於北京的作品，叫人想像還有城牆時的北京城究竟是什麼樣子的。

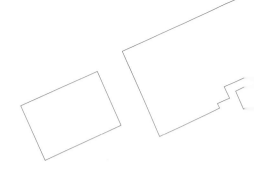

烏克蘭詩人——愛羅先珂氏像

我自己每次去「近美」都希望看到中村彝（一八八七～一九二四）畫的〈愛羅先珂氏像〉（重要文化財）。

那幅油畫的模特兒是俄國的盲眼作家瓦西里・愛羅先珂（一八九〇～一九五二）。說起來都好神奇，我最初會知道這個人是源自魯迅第一本作品集《吶喊》收錄的短篇小說〈鴨的喜劇〉。

《吶喊》是二十世紀最重要的中文文學作品之一。其中的十四篇小說有〈狂人日記〉〈阿Q正傳〉〈孔乙己〉〈藥〉〈故鄉〉等等五四文學代表作。以盲眼的俄國作家愛羅先珂君為主人翁的〈鴨的喜劇〉，雖然相對而言不那麼出名，但是在悲劇色彩濃厚的《吶喊》中，例外地充滿著幽默感，給讀者留下輪廓很清楚的印象。

這位愛羅先珂君，當時（一九二二年）寄宿於魯迅和弟弟周作人在北京的院子。三個人溝通時用的是日語；因為他們都曾在日本待過，也一樣屬於進步派文人圈子。

〈鴨的喜劇〉的開頭寫道：愛羅先珂君帶著他那巴拉莱卡琴到北京之後不久，便向我訴苦說：「寂寞呀，寂寞呀，在沙漠上似的寂寞呀。」他是懷念著緬甸晚上聽到的昆蟲吟叫和蛙鳴的，於是後來買蝌蚪來養，想要聽聽夏天晚上的蛙鳴。這樣子，故事便開啟了。

俄國、盲詩人、巴拉莱卡琴、緬甸、昆蟲吟叫和蛙鳴、蝌蚪，看了之後印象能不深刻嗎？何況他叫魯迅深思的問題是：在沙漠上似的寂寞究竟是什麼樣的感覺？但是，我萬萬都沒想到，在東京美術館裡會看到這位神奇洋人的肖像畫。

另眼相看

之前，我已在一本書中看過中村彝畫的〈愛羅先珂氏像〉。那本書就是相馬黑光的自傳《默移》。

我跟很多日本小孩一樣，是從小吃中村屋的奶油麵包長大的，沒想到麵包店的創業老闆娘竟是文化沙龍的著名女主人！當時我在讀大學，從此對新宿紀伊國屋書店斜對面的中村屋另眼相看了。

過了很多年後，有一次去「近美」看關於日本建築的企劃展，接著順便看一下常設展，我忽然發現了在牆上掛的小型油畫〈愛羅先珂氏像〉，就是畫了魯迅小說主人翁的！再說，這幅畫中的愛羅先珂，頗像魯迅在〈鴨的喜劇〉裡描寫他的樣子：很高的眉棱在金黃色的長髮之間微蹙著。

這個作品的作者，畫家中村彝剛在畫壇上出道的一九一一年起，就受到相馬愛藏、黑光夫婦的支援。據說，一九二〇年某一天，也常出入中村屋的畫家鶴田吾郎（一八九〇～一九六九）在山手線目白火車站月台上遇見愛羅先珂，想要畫他的肖像，於是帶他到附近中村彝當年的畫室去，之後的八天，兩個人一起畫了愛羅先珂的肖像。結果，中村畫的〈愛羅先珂氏像〉和鶴田畫的〈盲眼的愛羅先珂〉都入選地位頗高的帝國美學院展覽會（帝展）；中村的作品更被選為同一年油畫部門的第一名。後來作為國人的油畫作品破例被指定為重要文化財，至今收藏於國立近代美術館。只是好事多磨，中村彝在完成了〈愛羅先珂氏像〉僅四年以後，三十七歲就去世了。

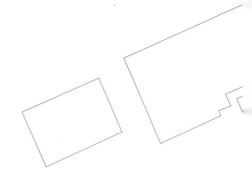

重要文化財——相馬黑光之像〈女人〉

其實在「近美」，我們也能看到以相馬黑光為模特兒的作品。那是雕塑家荻原守衛（號碌山）製作的青銅雕塑作品〈女人〉（日文原名：女），其石膏原型被指定為重要文化財。

拜羅丹為師

荻原守衛是黑光的丈夫相馬愛藏（一八七〇～一九五四）的同鄉後輩，當黑光從仙台嫁到兩人故鄉長野縣安曇野的時候，就認識她了。誰也不知道荻原是什麼時候開始暗戀黑光的。對農村長大的荻原來說，黑光不僅是前輩的新娘，而且是東京大名鼎鼎的明治女學校畢業的摩登才女。她的嫁妝不僅包括風琴，還包括友人送的油畫。據說那是荻原生平第一次看到的油畫，並且大大地影響了他之後的人生道路。他決定去東京學美術，後來更到美國、法國去留學。在巴黎，他看到了羅丹的雕塑作品〈沉思者〉而深受震撼，從此便改學雕塑，於是登門拜訪羅丹，直接跟他學習近代雕塑的真諦。

在紐約、巴黎共待了七年以後，荻原守衛回到日本，被視為日本近代雕塑的第一把手。他在新宿租房子開始投入藝術創作的時候，恰好相馬夫婦也從長野縣搬來東京，在新宿經營麵包店。作為相馬愛藏的同鄉後輩，荻原在中村屋的地位類似於孩子們的叔叔。當相馬夫婦忙碌的時候，他就來中村屋照顧相馬家的小朋友們。

根據日本美術圈被廣泛討論的傳說，黑光有一次告訴荻原：愛藏拈花惹草折磨著她。當時她才三十出頭，膝下有五男四女，又作為麵包店的老闆娘忙得不可開交。荻原知道了黑光的痛苦，早年的憧憬逐漸變成了同情、愛情。儘管如此，黑光是有夫之婦，而且是同鄉前輩的妻子，始終可望不可即。

點燃思念之作

以對黑光的思念為燃料，荻原創作的青銅裸體像〈女人〉，在背後交錯的雙手似乎代表她的困境，雖然跪著但是仰起頭來，表達出意志的力量。在製作過程中，荻原請別人來當模特兒，但是黑光看到完成的作品時卻說：這是我。二十世紀初，抗生素還沒有發明的年代，很多人都死於肺結核。被譽為日本近代雕塑之父的荻原守衛，剛剛完成〈女人〉之後不久，一九一〇年四月，在相馬家客廳聊天時突然咳血，第二天還沒黎明之前就去世了，享年僅三十歲。

從荻原守衛回日本到去世，只有兩年而已。但是，他對日本雕塑界的影響深遠。一個因素是他不是從日本的正式學校訓練出來的，而是靠自己的力量去歐美，更由大師羅丹直接受教，回國後則在相馬夫婦的支持下，在剛開啟的中村屋沙龍跟其他藝術家廣泛來往，把自己在歐美的經驗與見識分享給年輕一輩。至於他的遺作〈女人〉，被譽為日本近代雕塑的傑作，去「近美」一般都會看得到，讓人想像黑光在年輕藝術家的靈魂裡點燃的火焰燒得多熱。

再去看一看

俗話說世上沒有不散的筵席，新宿的百年老店中村屋，二〇一一年為了改建而關門。三年後竣工的時候，一樓面對新宿通大馬路的店面租給了美國名牌COACH當門市部，飲食業務則大幅度縮小了規模。好在三樓有中村屋沙龍美術館，收藏並展覽曾受黑光支援的畫家、雕塑家之作品，包括鶴田吾郎畫的〈盲眼的愛羅先珂〉。

另外，中村彝畫了〈愛羅先珂氏像〉的目白畫室，也幸虧由新宿區買下來成為了「中村彝畫室紀念館」，開放給公眾參觀。（新

宿區下落合三丁目五番七號，目白站下車）

還有，肖像畫裡的愛羅先珂穿著腰間繫帶的俄式襯衫，相馬黑光很喜歡，引進它成為中村屋餐廳員工的制服。現在餐廳沒有了，但是舊制服則歸新宿歷史博物館收藏。該館專門研究當地歷史，從古代到現代新宿地區的轉變，能通過展覽來理解。（新宿區四谷三榮町十二番地十六號，四谷站下車）

曾屬於中村屋沙龍的第一位藝術家，日本近代雕塑之父荻原守衛，雖然活動時間短，留下的作品也不多，但是在他家鄉有很多後輩想念早逝的英雄。於是一九五八年，在長野縣安曇野開設了碌山美術館，至今仍收藏並展出荻原守衛的繪畫以及雕塑作品。（JR大糸線穗高站下車）

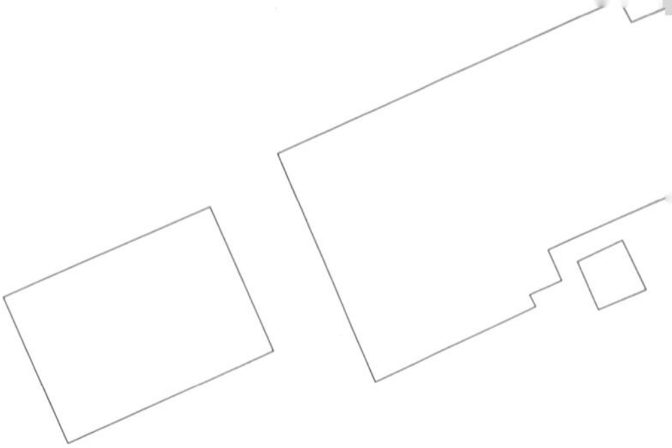

大家的至愛

東京人的至愛「近美」，是日本歷史上第一座國立美術館；一九五二年根據新制定的法律開館，六九年由輪胎大王石橋正二郎（普利司通輪胎公司創業人）捐出建築費，等竣工搬到現址來的。

近美的孩子

早期的京都分館，後來發展為獨立的京都近代美術館；曾屬於「近美」的電影中心則成為東京京橋的國立電影檔案館；一樣原屬於「近美」的工藝館，二〇二〇年遷至金澤而成為國立工藝館。可見「近美」其實有幾個孩子。

在不僅舉辦展覽會而且收藏作品的美術館中，每一期在展覽廳裡能擺出來的作品數目當然有限，一般人不能進去的「後院」（backyard）才是真正的寶山。另外就是幕後工作的專業策展人，有他們在，我們才能梳理明白各作品的魅力所在。

在東京中心走走

有一年，「近美」舉行《亞洲覺醒：藝術變化、世界變化1960~1990展》。作為相關活動，一個週日下午播放了台灣楊力州導演拍的紀錄片《我們的那時此刻》，並且事後由兩個專家來給觀眾解說影片內容。我有幸被選為其中之一，在位於「近美」地下的戲院舞台上談談語文電影。就是那一次，由「近美」策展人帶領，我走了平時看不到的美術館幕後。那是多麼令人興奮的一次經驗。

後來，我又恢復普通觀眾身分，仍偶爾去「近美」走走看看。

好在大學的師生員工都能免費參觀「近美」的常設展。去看企劃展，往往要在外面排隊很長時間；反之參觀常設展總是很順利。

無論是多麼好的展覽會，看了兩個鐘頭就會很累的。那麼，要在四樓面向皇居「視野良好的房間」歇一會兒嗎？那兒有椅子可以坐下來看看皇居裡的樹木和沿著外牆跑步的人們，還有城河裡的水呢。或者出去看看廚房車今天賣什麼飲料嗎？再有力氣的話，可以走走皇居內外，或者走路去神田神保町書店街都不遠。此處正位於東京的中心，「近美」的位置真好，從這兒出發去哪裡都方便得很。

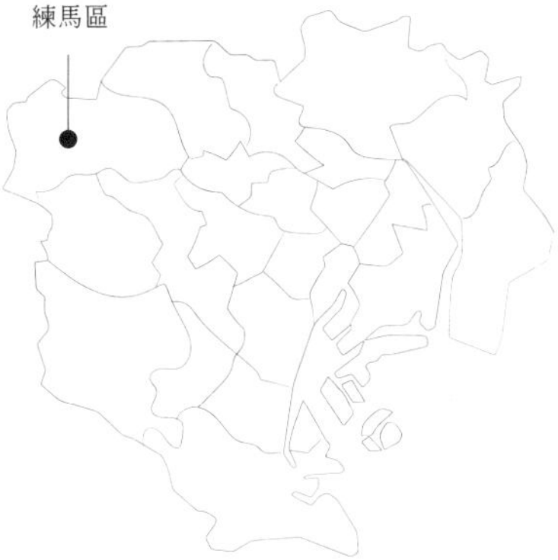

閱讀的散步

青春的漫畫家

兩個富有天分的年輕漫畫家，住在一起天天說好幾個鐘頭的話，逐漸變成精神上的雙胞胎，即使不故意剽竊都容易發展到分不清彼此作品世界的境地；這是稍有人生經驗的大人都能想像到的。

花樣的二十四年組

一九七〇年代，日本出現了一批充滿創意的女漫畫家。因為她們當中的好幾個人都出生在一九四九年到五〇年（昭和二十四年到二十五年），後來被稱為「花樣的二十四年組」。

其中的佼佼者萩尾望都和竹宮惠子曾有兩年在東京練馬區大泉的兩層樓木造房子一起生活，其他漫畫家也經常來聊天或在工作、生活兩方面幫幫忙。後來發展成ＢＬ潮流的少年愛主題，就是從那一棟木造房子開始的。不過，她們開創的領域不僅是男同性戀主題，還有科幻、奇幻、宇宙等等從前的少女漫畫連想像都不敢想像的大範圍。難怪，萩尾後來獲得了國家勛章，竹宮則當上了京都精華大學的校

《只講一次，關於大泉的故事》

長；可以說她們作品具有的文化價值被主流日本社會肯定了。

關於說不清的當年

自「花樣的二十四年組」出道已過半個世紀，當年的年輕人都已經進入晚年了。誰料到拒絕單純成為傳說的萩尾望都，二〇二一年出版的一本書《只講一次，關於大泉的故事》不僅在粉絲圈，而且在廣大日本文化界引起了不小的波動。萩尾在書中第一次透露：在大泉的共同生活只維持兩年，是因為竹宮有一天譴責了萩尾莫須有的剽竊行為。

在書的序文裡和後記裡，萩尾都寫道：本來不想寫這樣的書，可是自從前些時日竹宮出版自傳而談到大泉時期的種種以後，好多家媒體都要求萩尾回應或者舉行跟竹宮的公開對談，甚至要把她們青春期的故事拍成電視劇等等。然而，萩尾是受到譴責以後的近五十年，一直迴避接觸竹宮，以免再冒犯她的。所以，為了日後不用再拒絕接下有關竹宮或大泉時期的邀約，無可奈何之下，只好講一次當年的回憶了。

兩個富有天分的年輕漫畫家，住在一起天天說好幾個鐘頭的話，逐漸變成精神上的雙胞胎，即使不故意剽竊都容易發展到分不清彼此作品世界的境地；這是稍有人生經驗的大人都能想像到的。然而，她們當年才二十出頭，都是從西日本的小鎮單身到東京來闖天下，雖然充滿潛力，但是還沒有出名。跟她們創造力之大相比，自信心不足的程度以及自我評價之低落足夠叫人驚訝。

幾個年輕女漫畫家曾群聚而切磋琢磨，引起眾媒體的興趣，不外是由於著名男漫畫家，如手塚治蟲、藤子不二雄、石之森章太郎、赤塚不二夫等，曾在一九五〇年代，共同居住西武池袋沿線「常盤莊」的經歷，已在不同作家的不同作品裡重複被提起，成為日本次文化圈的創世傳說。當大家發現「花樣的二十四年組」也曾在同一條沿線的大泉學園一起生活畫漫畫，就幻想出華麗的「大泉沙龍」來，並要兩巨頭出來按照他們想像的劇本演出叫大家發財。

在大泉故事背後

雖然現實沒有媒體人的想像那麼簡單可愛，《只講一次，關於大泉的故事》這本書還是充滿著許多叫人深思的問題。首先，除了兩個主角以外，原來另有一個關鍵人物，始終喜歡在幕後活動。她是叫增山法惠的漫畫粉絲。大泉原來是她家的所在地，是她幫助萩尾、竹宮兩人找到能夠共同生活工作的房子的。

增山對男同性戀主題本就情有獨鍾，給兩位漫畫家介紹了許多有關內容的小說、影片等，包括日本的和西方的。萩尾是高中畢業後讀了兩年服裝設計，文化根基本來不怎麼厚，受增山的影響，策劃以少年為主角的作品以後，她便發現，只要換一下人物的性別，想像空間就變得很大。把作品背景設在外國或太空，也帶來類似的效果。

包括我在內，日本很多人都以為萩尾望都那麼優秀的創作家，應該來自文化資本深厚的家庭。其實不是。再說，她從小受母親的精神虐待長大，拍成了電視連續劇的《蜥蜴女孩》中，在母親眼裡變成蜥蜴的女孩子，就是小時候的自己。母親也一直反對女兒畫漫畫，儘管後來女兒做專業漫畫家走紅，仍然常勸她趕快放棄畫漫畫，立刻回家鄉嫁人。這次的書中，萩尾寫道：有一年，ＮＨＫ早晨的連續劇播送以漫畫家水木茂的妻子為主角的《鬼太郎之妻》，母親打電話過來說，水木先生做的工作，就是妳做的工作吧，對不起喲。那年萩尾已經六十一歲了。

既然萩尾望都說大泉的事情她只要講這一次而已，在她有生之年，大家應該不好意思再找她談當年發生的事了。可是，她寫的這本書充滿著太多有意思的內容，例如日本少女漫畫在一九七〇年代的起飛是怎樣發生的，還有萩尾望都這樣的天才是如何被塑造出來的。

她很不願意地寫下了這本書，為我們理解日本少女漫畫的歷史，該說貢獻非常之大。

閱讀的散步

一個日文小說家的誕生

我有幸認識到這位罕見的語言及文學天才，並且在東京日本橋的誠品生活進行了一次對談。能夠用日語寫出小說之前，真不知她到底花了多少時間看日本動漫、查日文生字、讀古代和現代的日本文學作品、學日文語法，包括古文語法到連日本都甚少有人能比肩的程度等等。

一個日文小說家的誕生

走上日文自學的路

二〇二一年在日本，最受注目的新人作家無疑是以《彼岸花盛開之島》獲得了芥川龍之介賞的李琴峰。

她一九八九年出生在台灣中南部，每一、兩個小時才有一班公車的鄉下地區。祖父母務農沒機會上學，家裡周遭都沒有人會說日語。可是天生聰明的她不到十歲就發現：電視卡通節目的聲音，有時候可以換為日語原聲。於是聽著完全陌生的日語對白，看著中文字幕，就開始走自學日語的路了。

父母親工作忙碌，小女生自己在家看書、看電視、看漫畫，也玩玩父母為工作而買的個人電腦。家中書本不是很多，但是有訂《兒童日報》。她還發現用電腦就能做出天馬行空各種厲害的事情。

有一天，她看著漫畫版的《名偵探柯南》時注意到：故事背景中寫的漢字，雖然眼熟，但是跟在台灣的用法不太一樣。比方說，牆上掛的月曆。台灣的月曆寫著星期一、星期二、星期三、星期四的地方，日本的月曆卻寫著「月、火、水、木」等字。那是為什麼？會不會跟天上星星的名字有關？於是按照日本月曆上寫的「曜日」兩個字，上網查查那究竟是什麼意思。

今天她驕傲地說自己是「digital native」（數位原住民），該沒有人敢否定吧。接著她開始收集日本動漫作品對白中常出現的詞彙，例如：僕、勇氣、友情、素敵、純情等等，跟日語檢定考試中常出現的詞彙不大重疊。亦從網路上挖出日語五十音圖來，把靠著耳朵學來的日語生詞用平假名寫下來。就那樣，她在沒有導師的情況下，自己掌握了分量不少的日語單詞。

她說，當年在小學、中學都沒上過母語課或鄉土語言課，可能是「上有政策，下有對策」的結果；小地方學校為了提高升學成績，除了數學、英文、語文等重要科目以外，其他如音樂、藝術、體育等課全盤給取消。所以，即使政府教育部有推廣鄉土語言的方針，基層學校並不會照單全收的。另外，無論學校還是家庭，當年的教育方式很強硬，抽打學生、孩子是家常便飯。她多年後用日文寫的小說中，當出現住在台灣小地方的主人翁祖母、父母說台語的場面，每次都是用片假名寫發音而已，從來都沒有使用漢字的。主人翁聽得懂，但是不能認同。她拚命念書，想要飛往遠處。

繼續以日語飛行

李琴峰國中畢業以後離開家鄉，就到城市裡獨居上高中了。課餘時間，十五歲的她上日語補習班。同時，熱中於閱讀從古代到當代的中國文學。在她十餘年後獲得日本群像新人文學賞的長篇小說《獨舞》中，我們能看到，二十一世紀初，在台灣中南部的小都會，優秀女學生聚集的高中校園裡，她們一起讀文學，寫信、寫詩也寫小說，顯然要用想像力跳出現實生活中的各種桎梏。其中也包括保守而狹隘的性觀念，對此邱妙津的作品給她們指出救贖的一個方向。

終於上了台灣大學（在李琴峰自述的台灣經歷中，唯一以實名出現的故事背景）的時候，她的日語水平已經達到能夠讀當代小說如村上春樹作品的地步。也不奇怪，從高中時候起，每逢有機會到日本旅遊，她都趕去Book Off舊書店，要花有限的零用錢買下日本高中生在學校上語文課時用的《國語便覽》。那是日本學生必備，但是一般都覺得很枯燥、甚少翻開的參考書，這名台灣學生倒看得津津有味。看著看著，她不僅吸收當代日語文法，而且開始學學古代日語是怎麼回事。李琴峰說，看著日文書，發覺了日語中也有成語，跟中文成語很像，但不完全一樣，而且古代日本人看古漢語的時候，似乎有一套獨特的解讀、發音方法。也就是日文所說的「漢文訓讀」，若學會了，就應該能夠在說日語、寫日文時自在地引用

（後來她發現當代日本人根本不懂古文了……）。

我有幸認識到這位罕見的語言及文學天才，並且在東京日本橋的誠品生活進行了一次對談。能夠用日語寫出小說之前，真不知她到底花了多少時間看日本動漫、查日文生字、讀古代和現代的日本文學作品、學日文語法，包括古文語法到連日本都甚少有人能比肩的程度等等。天才的定義大概就是能夠刻苦努力而不覺得勞累吧。我問她看過哪些日本作家的小說。她回答說是自殺的男作家作品吧。芥川龍之介、太宰治、川端康成、三島由紀夫，不都是自殺的男作家嗎？的確是。

在日本起死回生

台大畢業以後，她留學東京早稻田大學，拿到碩士學位，並任職於日本大企業，還被分配到重要部門。後來，有一天在通勤電車上，她忽然想到「死」，同時也感覺到自己也許可以用日文寫小說了，（太有趣了，似是舊的人格死去的同時，新的即將成為小說家的人格就誕生了，而且是在擁擠到不行的上下班時間的東京電車上。）於是來日本四年之後，寫出來的第一部小說《獨舞》，以及接著問世的《倒數五秒月牙》《北極星灑落之夜》《星月夜》（我主張把這些統稱為「初期四部曲」）均以從台灣來日本的女性為主角，探討一個敏銳到容易受傷的靈魂，無法在家鄉住下去以後，到一個既雜亂又寬容的大城市來，如何尋找起死回生的道路。

「初期四部曲」（或稱「東京四部曲」也可以）都以東京為背景，從不一樣的角度照明了這一座都會的魅力在哪裡。尤其是日本最著名的同志區新宿二丁目，雖然大家都有所耳聞，但是實際上去過的人並不多，其中女同志聚集的一角，相信大多數讀者更是在她的作品中才第一次知道。

看李琴峰寫的小說，我當初的感想是後生可畏極了。她不僅日文好，而且對中國文學的造詣又特別深，亦掌握了日本古代的「漢文訓讀」。在「四部曲」中，她輕鬆引用唐詩，並為日本讀者的方便以「訓讀」來注音。例如，在《獨舞》文末，一時離開日本遊走各國尋死地的主人翁，被老朋友勸回台灣去的時候，代替回話引用道：「扶桑已在渺茫中，家在扶桑東更東」。就這樣，我們忽然給拉回到一千多年以前的唐朝去，果然當時已有從日本去中國大陸留學的人，跟當地朋友建立情誼，闊別之際，那情誼留下了這麼一段美麗的文字。

在她小說中，經常出現星光、月光等黑暗中才看得到的美。也許跟四部曲的標題有關係，作者和作品都令人聯想到夜裡閃耀的光線。從獲得了芥川賞的第五部開始，她的作品風格自原來的寫實主義變得更加多元化。作者自己說是科幻小說的《彼岸花盛開之島》中，她就試圖創造當代日語的兩個變種。這是有著對日語歷史的深刻理解與對運用日語的堅定信心，方才可能實現的思考實驗、語言操作。

從每一、兩個小時才來一班公車，若真需要上車就得早早去停靠站等候的台灣鄉下，到日本文壇新鮮人抵達的最先端，這位自取筆名叫李琴峰的台灣年輕人，在並不長的時間裡，飛翔得遙遙遠遠。

外出走走

我一輩未曾相識的東京

從書店出來，往澀谷站的路很容易認。但是，以前很熟悉的東京，來過不知多少次的澀谷，這晚顯得有點陌生。

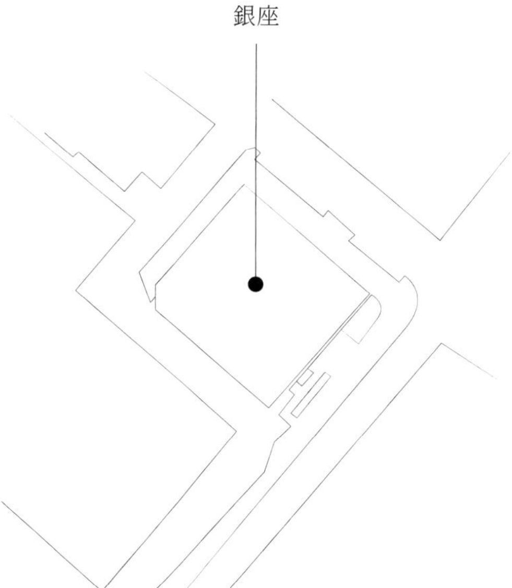
銀座

1

去銀座逛逛

我小時候「外出」（日文：おでかけ）是有點特別的事情。平時上課、去朋友家玩，都不算是「外出」。週末被父母帶到遠一點的地方去做特別的事情，如上館子，那才叫做「外出」。再說，當年「外出」還要穿上跟平時不同的盛裝，而且有個專用名詞稱為「他所行」（日文：よそいき）。

「外出」去哪裡？

父親週末常開車帶我們去的地方，有銀座、淺草等繁華區，還有太平洋邊的油壺、茅崎等臨海小鎮。去了淺草就在「菊水道場」吃其實是豬雜肉串的「燒鳥」，到了銀座則在「萬壽園」吃大型燒賣、玉米湯等跟住家附近的拉麵店不一樣的中餐。去了海邊就當然要吃海鮮了。

轉眼之間，幾十年時間飛快過去，輪到我們這一代做父母了。記得二十多年前，第一次當上人父人母的時候，我們真是不知所措。之前沒有真正聽說過，嬰兒是一天二十四個小時都需要有人現場照顧的。孩子長到三、四歲都不可能讓他一個人在家裡待著的，始終需要人陪伴看管。但我們是習慣出去遊玩的一代，沒有不「外出」的選擇，這麼一來，只好帶著孩子出去了。然而，日本東京不是以「對嬰兒友善」聞名的城市。孩子在公共地方哭鬧，周圍人的標準反應是皺眉或以白眼看待，導致做父母的不敢去戲院或者安靜的餐廳自討沒趣。那麼，到底去哪裡好呢？

逛＝走＋狂

全日本最有地位的鬧區東京銀座，其實是滿不錯的選擇。因為從銀座一丁目到八丁目，長達一公里的銀座大街是日本少有的直線大馬路，而且每星期六、日以及節日下午都不准汽車開進來，開放給行人作為「步行者天國」自由區。帶著孩子，要麼推嬰兒車或者追蹤亂跑的小朋友，都不必擔心給車撞到，心裡會輕鬆很多。

再說，銀座大街兩邊，有趣、有水平、有歷史的商店鱗次櫛比。一會兒看看一九〇四年開張的文具專門店伊東屋，一會兒走進紅豆沙麵包的發源地木村屋（一八六九年創業），還有日本最古老，歷史能追溯到一八七四年的皮包店谷澤等等，充滿著逛街的樂趣。那些商店的櫃檯邊，常常能看到叫做《銀座百點》的小型雜誌，是商店會發行，免費發放給顧客的。每期都刊登有意思的專題和專業作家寫的散文。原本做電視編劇的向田邦子，最早發表散文的媒體就是《銀座百點》。

對了，逛街的「逛」字是中文有而日文沒有的漢字。在這類漢字中，我向來最喜歡這個「逛」字。發狂的「狂」字加上辵部，太生動地描繪逛街這種活動了。它的字義，如果要翻成日文的話，似乎只好用個擬態詞「ぶらぶら」。果然日文有個人人皆知的詞組叫做「銀ぶら」即「逛銀座」，表示銀座大街特別好逛。

最近一次去銀座，是為了給女兒買二十歲的生日禮物。我們想送她有點紀念意義的東西。她則趁機希望未來多年都可以繼續使用的裝飾品。經幾次商量，得出的結論是：買條白金項鍊。要去哪裡買呢？當然要去銀座啦！

不愧為日本第一條街，銀座一丁目地下鐵站對面就有一家老字號銀樓，乃一八九二年創業的田中貴金屬店。老實說，我自己之前從沒有進去過。還好，這次有明確的目的和足夠的事前調查，我們能夠昂首闊步地走進去，向站在門內的店員說：要為這個女兒購買一條白金項鍊。他就叫一名售貨員給我們看看幾條合乎預算的商品。

位於銀座大街上的名牌老字號裡，購物過程從頭到尾都特別順利愉快。售貨員女士最後把商品放在白色長型盒子裡，再用紅色彩帶繫成十字，簡直就是夢中禮物成真的樣子了。果然女兒高高興興地一手提著白色紙袋走上銀座大街。這時正是將近黃昏，可以逛逛街的好時段。

先進去看看大小姐特別喜歡的伊東屋文具店，還有四丁目十字路口邊的和紙專門店鳩居堂，都賣著各種各樣可愛好看的小東西，如筆呀、卡片呀，想花多長時間就能花多長時間。女兒她爸則要去山葉樂器的旗艦店看看樂譜。而我呢，光是在大街上逛一逛、遛達遛達就非常高興了，呼吸空氣自在得很呢。

想起十年、二十年前，左右雙手都牽著孩子的手，曾多麼渴望過哪怕一分鐘一秒鐘的身體自由。如今老大已經獨立了。老二看來也快了吧。我忽而預測到連她都搬出去以後，生活將會多麼乏味，做父母的將會覺得多麼寂寞。當時站在銀座大街上看著夕陽，我明白：原來人生難有恰好的自由，要麼不自由或是太寂寞。

啤酒屋裡想當年

傍晚在銀座，我們的習慣是去七丁目的銀座獅子（Lion）啤酒屋，據老公說是全東京生啤最好喝的一家店。那是因為這一家由札幌啤酒公司直接經營，店裡供應的啤酒最新鮮不過的緣故。另外，專門「拉」啤酒的先生，技術水平一級棒，給他一口氣細心「拉」出來的啤酒泡沫，質感細得賽絲綢。

七丁目獅子啤酒屋的一樓是天花板高達八米的德國式大廳建築，乃我已故爸爸出生的一九三四年竣工，一直用到今天。（其間從一九四五年日本戰敗到一九五一年，專門為美國占領軍服務，日本人是不能進入的。）

大廳裡擺滿著小木桌，總共能坐上二百八十位顧客。從上午十一點半開門到晚上十點關門，幾點進去都有很多客人喝著啤酒。工廠直送的啤酒是喝不完的，地下室設有能裝一千公升生啤酒的巨大桶子。招牌烤牛肉卻限量供應。我們點菜的時候，服務生說是最後兩份了，結果都被我們吃了個乾淨。

旁邊的位子上有一對年輕夫婦和一個嬰兒。抱著小娃娃的先生叫了大杯的黑啤酒大口大口地喝下，看來很有需要在短時間裡攝取很多酒精吧。我和老公都瞬間想起來了：將近二十年以前，女兒剛剛出生不久還不到一歲的時候，我們也帶著她，也牽著當時四歲的兒子的手，來過這裡的。不知為什麼，我一坐下來女娃娃就哭，讓我只好抱著她站著喝中杯的金黃色生啤。服務生看到我的樣子，便走過來問是否沒有椅子。椅子是有的，就是小娃娃不讓媽媽坐下來歇腿。服務生只好搖著頭離開。

我們忍不住異口同聲地告訴旁邊座位的先生道：這個女兒還像你家小朋友那麼大的時候，我們也帶她來過這裡的，誰料到二十年光陰轉眼之間飛過去了。對方回話說：我過了二十年，一定要再帶他來這裡一起喝啤酒。我喃喃自語道：很快的，比你現在想像的快得多，真是轉眼之間呢！

我們離開銀座獅子啤酒屋七丁目分店的時候，外邊已經天黑，「步行者天國」早已結束，大街上有汽車開進來了。從前孩子還小的時候，去了哪裡，不管在國內還是在國外，都非逛玩具店不可的。銀座大街上最大的玩具店博品館在八丁目，從七丁目的啤酒屋往斜對面過馬路就到。

不過，孩子長到二十歲就對玩具店沒了興趣。她反而願意再散散步。那好吧，咱們乾脆走到東京火車站去吧。問問谷歌老師，距離也不到兩公里。東京站是ＪＲ中央線的起點站，上車保證有座位的。

這一天的「外出」，從買禮物、逛街、喝生啤吃烤牛肉、走到東京火車站，都進行得很順利。我們下二十餘年的工夫帶孩子，現在好像開始收到一點利息的樣子了。

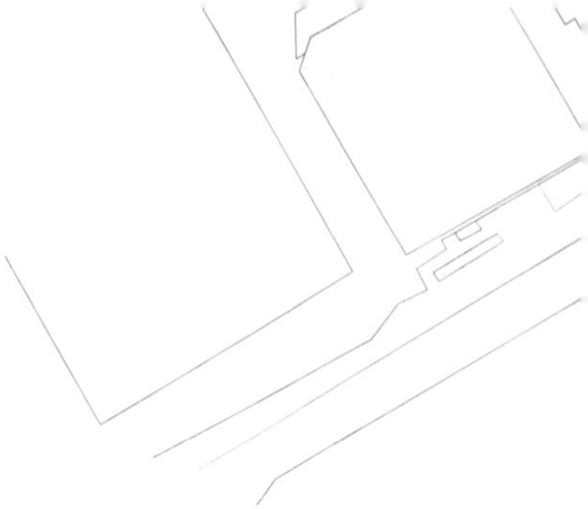

2

吉祥寺中道通

坐中央線電車往富士山的方向走，新宿距離吉祥寺大約十二公里，所需時間十四分鐘。吉祥寺屬於東京都武藏野市，位於市區（二十三區）和郊區（多摩地區）的正中間。除了ＪＲ中央線以外，還有京王井之頭線開往澀谷，也能坐地鐵東西線往市中心的大手町。交通非常方便。

在東京舉行民意調查問：你最想住哪個社區？吉祥寺常獲得第一名或第二名。人氣高的原因，除了交通方便以外，就是它兼有都會和郊外的好處。

高人氣的吉祥寺

先說郊外的好處：豐富的自然。最有代表性的就是中央線軌道南邊的井之頭公園。井之頭池是貫穿東京市區的神田川之水源，早在江戶時代已是個名勝，一九一七年就作為公園開放給大眾了。我小時候也坐爸爸開的車來過井之頭公園附設的動物園、遊樂園玩耍。高中的時候則跟男同學一起來划船。

多年以後，我做了母親，平生第一次在露天為嬰兒換尿布的地方就是井之頭公園。記得具體地點是剛砍下的大樹樹墩子上。

井之頭公園是郊外型公園。鄰接公園的伊勢屋則是郊外型居酒屋。兩個孩子還小的時候，我們都不敢帶小孩子去一般的居酒屋。伊勢屋卻是個例外，因為這裡的客人都是來郊外公園玩的，而不是在工作時間裡或者剛剛下班後，跟同事一起來的。於是，吉祥寺伊勢屋成了我家孩子們平生去的第一家居酒屋。這裡除了有其實是豬內臟的「燒鳥」串以外，也供應手工鍋貼、燒賣，還有章魚刺身等等。我並不是說這裡的菜餚最好吃，而是覺得這裡的氣氛讓親子顧客最放鬆。

口琴巷

要講吉祥寺作為都會的魅力，那麼得從火車站北出口對面的「口琴巷」（日文：ハモニカ横丁）說起了。如此這般的黃金地段上，有上百家小餐飲店好比迷宮般密集地做生意的小區，是根本不符合房地產業邏輯的。

介紹「口琴巷」的文章都說其起源是日本戰敗後的「闇市」。太平洋戰爭末期，日本多數城市都遭到美軍轟炸，給破壞成廢墟了。戰爭結束後，以東京為例，在新宿、池袋、澀谷等鬧區的火車站前都出現了「闇市」。「闇市」是黑市場的意思，因為根本忽視了土地所有權、使用權屬於誰，攤子上擺出來的商品中也不乏來處不明或明顯是非法的東西。據說把甲醇當酒水出售的結果，不少人患病甚至失明了。在大多數地方，大約在一九六四年的第一次東京奧運會以前，象徵戰後混亂期的「闇市」都整理好了。然而，在吉祥寺等一些地方，土地所有權和使用權重複被賣被借被當的結果，想整理都不知道該找誰說話了。密密麻麻的小路兩邊開的平房或兩層樓的餐飲店，如果要拆掉重新建設或改裝的話，必定違反各種法律條例，根本不可能動工的。

於是只能「暫時保持原狀」的餐飲區，約有百家酒吧、各國風味餐廳經營，可說是大都會才會發生的奇蹟現象吧。雖然密集，但是很乾淨而且很有味道。再說，不停地新陳代謝的結果，始終有充滿新意的新店來注入活力。

Sun Road商店街

不過，吉祥寺的魅力並不僅在井之頭公園和「口琴巷」。其實，我更喜歡車站北出口對面的Sun Road商店街。這條有拱廊的商店街真是應有盡有，百分之百提供普通人在日常生活中會需要的東西。從車站對面起，有麥當勞、銀行、鞋店、隱形鏡片店、牛丼屋、咖啡廳、書店、手機店、珠寶店、藥妝店、房地產仲介、西裝店、拉麵店、寵物店、圖章店、美容院、甜甜圈店、保險公司、按摩店、舊衣服店、大型超市、咖哩飯店、義大利麵店、鰻魚店、牛舌山藥飯店、蔬果店，連佛教寺院都有。

有那麼多商店做生意，意味著吉祥寺是充滿生命力的住宅區。而除了Sun Road以外，還有幾條不同風格的商店街。

到商店街覓食

比方說，從火車站北出口出來，往西從優衣庫大樓的南邊走進去，就有中道通。我是最近為了買窗簾才第一次走進這條路的。長達五百四十米的商店街，地面上鋪著磚頭，走起路來好舒服。

這裡有很多家雖然規模比「口琴巷」的店家大，但其實也不怎麼大的各種餐館供應各國風味，包括日本菜、義大利菜、法國菜、西班牙菜等等。專門店也有壽司店、味噌專賣店、天婦羅飯糰店。光是咖哩店就有日本、印度、泰國、尼泊爾等不同風味的。在這條街上買菜也會挺有意思的，有販售東南亞食品的亞洲太陽市場、專賣四國高知縣產品的高知屋等。想喝咖啡歇歇腿，就有十來家咖啡廳。喜歡在外面坐著休息的話，走到盡頭就有吉祥寺西公園。

這些年日本各地的商店街，很多都衰退得嚴重，成了所謂的「百葉窗商店街」。像吉祥寺中道通這樣，能吸引從別處特地來的買客是很不容易的。果然街上竟看不到一家空屋。我家的大學生就被古陶器店吸引，進去了以後再也出不來了。做父母的先去一趟井之頭公園，在水池邊的長凳子上坐下來，各喝一罐飲料，一起吃一包起司鱈魚乾以後回來，她還在同一家店看著江戶末期製作的小盤子。

到了晚餐時間，老公外食的頭號選擇是韓國烤肉。吉祥寺有一九七四年創業的李朝園，是他一直以來愛光顧的。於是從中道通走往吉祥寺車站方向，再穿過「口琴巷」和以炸肉餅出名的佐藤肉店以後，再往北走十幾步，前方大樓的第四層就是能容納三百人同時聚餐的大規模烤肉館李朝園。這裡可以說是物美價廉，而且韓國出身的老闆娘為人特別親切的一家好店。

3 奧澀谷之地圖

我本來是很會看地圖的。要不，怎麼可能從十五歲開始，先一個人走日本國內，然後單獨走中國大陸，接著自己走世界各地呢？然而，這幾年來，我看著地圖發慌的次數逐漸增加。是怎麼回事？都是智慧型手機害的。智慧型手機上的地圖跟紙上印刷的地圖不同，它不固定，會轉動，使我弄不清楚現實中的東南西北和地圖上的上下左右到底怎麼對應。

這天，我是在東京小田急電鐵代代木八幡車站外發慌的。星期天下午在新宿看完電影以後，上小田急線慢車，在第三個站下了車。目的地是「奧澀谷」地區的一家書店。看地圖，應該不遠，從車站走路大約十分鐘就可抵達。

被搗亂的方向

「奧澀谷」或者簡稱為「奧澀」，對我來說是很新的，甚至是陌生的地名。我知道離這兒不遠的原宿早就出現了「裏原宿」或「裏原」。「奧澀谷」的命名應該是學它的。日文裡，「裏」是背面，「奧」是深處，都表示和中心區有點距離，語感上是頗接近的。

按照一般邏輯，去「奧澀谷」就從澀谷站出發，再走一段路。可是，我相信自己看地圖的能力，也許是過於相信了。這個「奧澀谷」呢，在地圖上看，比起澀谷站，更靠近小田急線代代木八幡車站和地鐵千代田線代代木公園車站。既然這天我從新宿過去，那麼與其坐JR山手線到澀谷後走十五分鐘的路，不如坐小田急線，從代代木八幡站走十分鐘吧？這樣子能省五分鐘時間，而且等一下回家的時候，再走到澀谷站上車，就能避免來回走同一條路，動線上更合理。不過，我好像太相信自己的方向感了。

東京的鐵路車站分成ＪＲ線和私鐵線，各有不同的面貌。簡單來說，前者位於一個地區的「表」面，後者位於「裏」面。就如這個「奧澀谷」，位於ＪＲ澀谷站地區的深處，再走下去就到小田急線代代木八幡車站了。從澀谷站出發，走陽光大道即可；從背後的代代木八幡站過去嘛，好比走別人家的後面一樣，不容易認路的。

從新宿一直往南下來的小田急線軌道，在代代木八幡站轉彎後往西走，結果這裡的月台不直，反而呈曲線。下車後，要上電扶梯到二樓，通過剪票口走出去，前面是高架的山手通大馬路。為了到人行道，就得下樓梯去。問題在於有南北西三個方向的出口。跳到結論，「奧澀谷」位於代代木八幡車站的東南邊，所以這裡要下的是南出口樓梯。

雖然方向感完全給搗亂了，下樓梯到地面上，已經身處代代木八幡商店街了。經過地鐵千代田線的代代木公園站，再走下去，自動進入富谷一丁目商店街，電桿上開始看到「奧澀谷」的標識。若能鳥瞰，這兒就是很大的代代木公園西邊，再走過去，是NHK日本放送協會總部的後邊了。常來NHK辦事的人大概都知道，從後門走出去就有一條安靜瀟灑的街道。時髦的餐廳、有個性的書店等鱗次櫛比。這裡的氣氛跟中學生聚集的澀谷車站附近很不同，可說充滿著文化氣息。

女兒是奧澀谷書店店員

我以前不知道有「奧澀谷」這個地區。這一天平生第一次前往，是因為女兒最近開始在這條路上的書店打工了。她過去兩年，上了大學以後，常常要麼跟同學一起或者自己一個人來這附近走走。有幾次回家後告訴我說：有家書店很特別，好像是編輯室兼書店的，也賣一些跟文化有關的商品。後來，她碰巧看到徵人啟事，於是準備資料應徵，結果被錄取，就高高興興地上班去了。

據她說，「奧澀谷」書店的工作人員和顧客都打扮得很時髦，很好看。站在收銀櫃檯，通過透明玻璃的牆壁，能看到從NHK走出來的各種人。書店裡除了書籍以外，還擺著從不同國家進口的日常用品和裝飾品。例如，韓國的茶盤、俄羅斯的別針。她在美術大學的同學們，有時在散步的途中走進來，發現她在工作後很吃驚。「奧澀谷的書店店員」是她最近滿喜歡的自稱。

這個孩子比我小三十九歲又十個月。直到最近，她的世界並不大，基本上都在離住家半徑幾公里的範圍內。然而，忽然間，她發現了我這個母親都未曾相識的東京，而且已經像主人翁似地抬頭跨步出去。

小巷子的兩邊，可愛的餐廳很多。有叫麗鄉的台灣菜館，也有位於二樓的新加坡風味叻沙店。至於法國餐廳、義大利餐廳等，則可說是多得數不清。畢竟，再走下去一點，就是全日本屈指可數的繁華區，澀谷道玄坂，原先有東急百貨店、文化村劇院的一帶（現在已消失）了。

從書店出來，往澀谷站的路很容易認。但是，以前很熟悉的東京，來過不知多少次的澀谷，這晚卻顯得有點陌生。「奧澀谷書店店員」的父母親決定還是先回到中央沿線，尋訪老朋友經營的老店，看看有沒有成功度過了疫情。

新井一二三全作品

一九九九

在臺灣出版第一本書《心井・新井》。

二〇〇〇

把在香港與加拿大多年的生活經驗、人情故事，出版成《東京人》一書。

二〇〇一

出版《櫻花寓言》寫出她對家鄉的鄉愁、對愛情的想法

同一年，第一手引介日本文人與作品，寫成《可愛日本人》，讓讀者認識更多元的日本文學。

二〇〇二

在《讀日派》書中，一針見血地解剖當代日本社會樣貌。

同一年，出版《東京的女兒》。

二〇〇三

出版第一本少女成長故事《123成人式》。

出版《東京時刻八點四十五》，寫出東京人的飲食及文化。

二〇〇四

出版《我和閱讀談戀愛》，以輕鬆簡潔的方式引介日本文壇多種面貌與閱讀面向。

同一年，努力實踐緩慢生活六法則，進而寫出《午後四時的啤酒》。

二〇〇五

在《東京上流》中，透過新井流的觀察與探訪，讓讀者得以一窺可愛但不美的東京。

二〇〇六

出版《東京迷上車：從橙色中央線出發》，公開新井專屬的美食、人文、散步地圖。同一年，在《東京生活意見》中，鼓勵讀者從真實人生中爭取愛情，追求自我。

二〇〇七

以在東京獨一無二的生活滋味，寫成了《偏愛東京味》。同一年，亦出版《我這一代東京人》寫出記憶中的東京。

二〇〇八

出版《偽東京》，真實呈現二〇〇七年的日本，絕對是日本迷不容錯過的社會觀察指引書。

二〇〇九

出版《獨立，從一個人旅行開始》，引起兩岸三地廣大年輕讀者的熱烈迴響。

二〇一〇

出版《沒有了鮪魚，沒有了奶油》，透過在地感受，寫出讀者想像不到的日本。

二〇一一

看了《海角七號》七次，掉淚七次，是內心深處對台灣有一封寄不出的情書，無法被閱讀而哭？

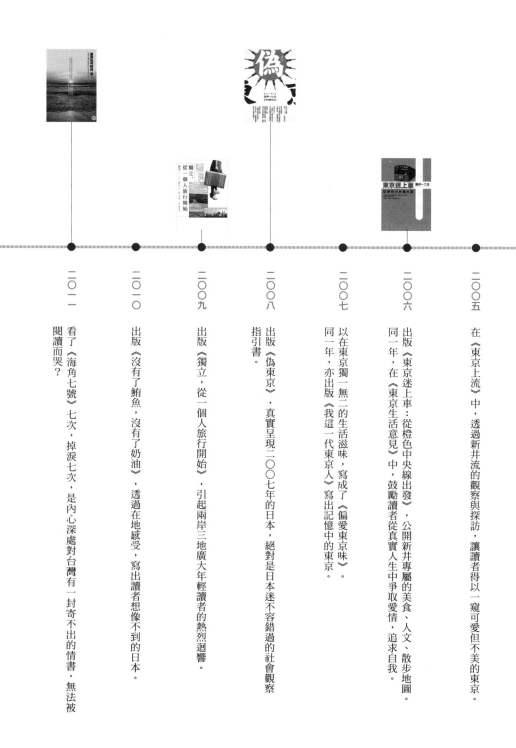

二〇一二

出版《和新井一二三一起讀日文》，帶領讀者深入探討日文名詞故事。

二〇一三

以《東京故事311》寫出311前與311後，日本社會不為人知的真實狀態，

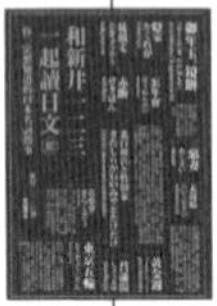

二〇一四

出版《歡迎來到東京食堂》寫下愛上食譜，愛上遠走他鄉，愛上家裡餐桌的點滴。
同一年出版《和新井一二三一起讀日文【貳】》，讓學日文的讀者明白許多解不開的日文困惑。

二〇一五

出版《旅行，是為了找到回家的路》，記錄到不同國度，用不同語言交換生活經驗的旅行故事。

二〇一六

出版《東京閱讀男女》，透露多位日本文學作家的人生祕密，讓讀者大呼過癮。

二〇一七

出版《我和中文談戀愛》。用這本書見證新井一二三和中文相戀的故事。

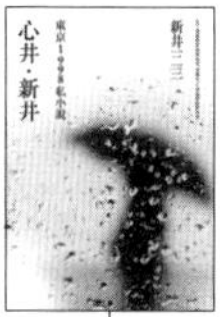

二〇一八

改版第一本中文作品《心井・新井》。同年出版《媽媽其實是皇后的毒蘋果？》，從母親陰影裡重新鬆綁內心牢籠。出版《再見平成時代》回望走過的曾經時光。

二〇一九

改版《櫻花寓言》。復刻書中的每一篇奇幻遭遇，道出生命中奮鬥傻勁的勇氣寓言。

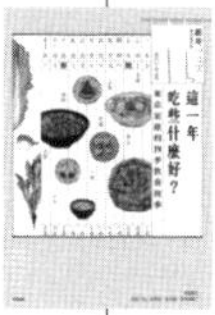

二〇二〇

在《我們與台灣的距離》書中，寫下送給台灣的情書，讓讀者重新理解這塊土地。同年出版《這一年吃些什麼好？》帶讀者品嘗東京家庭飯桌上的四時節令。

二〇二三

改版《和新井一二三一起讀日文》（東京字塔版），解開日本名詞神祕背後的樸實信念。

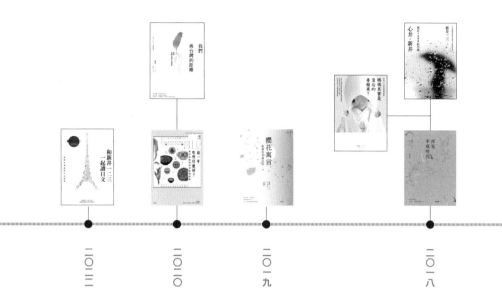

美麗田 176

東京散步：
和新井一二三一起
認識日本傳奇與岡本太郎

填回函雙重禮
①立即送購書優惠券
②抽獎小禮物

作　　者｜新井一二三
出 版 者｜大田出版有限公司
台北市一〇四四五中山北路二段二十六巷二號二樓
E-mail｜titan@morningstar.com.tw http://www.titan3.com.tw
編輯部專線｜（02）2562-1383 傳真：（02）2581-8761
總 編 輯｜莊培園
副總編輯｜蔡鳳儀
行政編輯｜鄭鈺澐
助理編輯｜張筠和／郭家好
校　　對｜黃薇霓／新井一二三／黃素芬
內頁美術｜陳柔含
初　　刷｜二〇二三年九月一日　定價：三五〇元
網路書店｜http://www.morningstar.com.tw（晨星網路書店）
TEL：04-23595819 FAX：04-23595493
購書Email｜service@morningstar.com.tw
讀者專線｜04-23595819 #230
郵政劃撥｜15060393
印　　刷｜上好印刷股份有限公司
國際書碼｜978-986-179-821-9　CIP：861.67/112010133

國家圖書館出版品預行編目資料

東京散步：和新井一二三一起認識日本傳奇與岡本太郎／新井一二三 著．——初版——台北市：大田，2023.9
面；公分．——（美麗田；176）

ISBN 978-986-179-821-9（平裝）

861.67　112010133